海空陸
RIKU MISORA
繪者 WON
落第騎士
英雄譚
Cavalry
1
U0028937

這道光之刃——其光芒有如烈日。
伴隨著壓倒性的炙熱，
襲向他的只有敗北一途……
黑鐵一輝卻只是淡淡一笑。
©Won

©Won

「珠雫！妳、妳剛剛做了什麼……」
「您說做了什麼……
當然是接吻囉。」
©Won

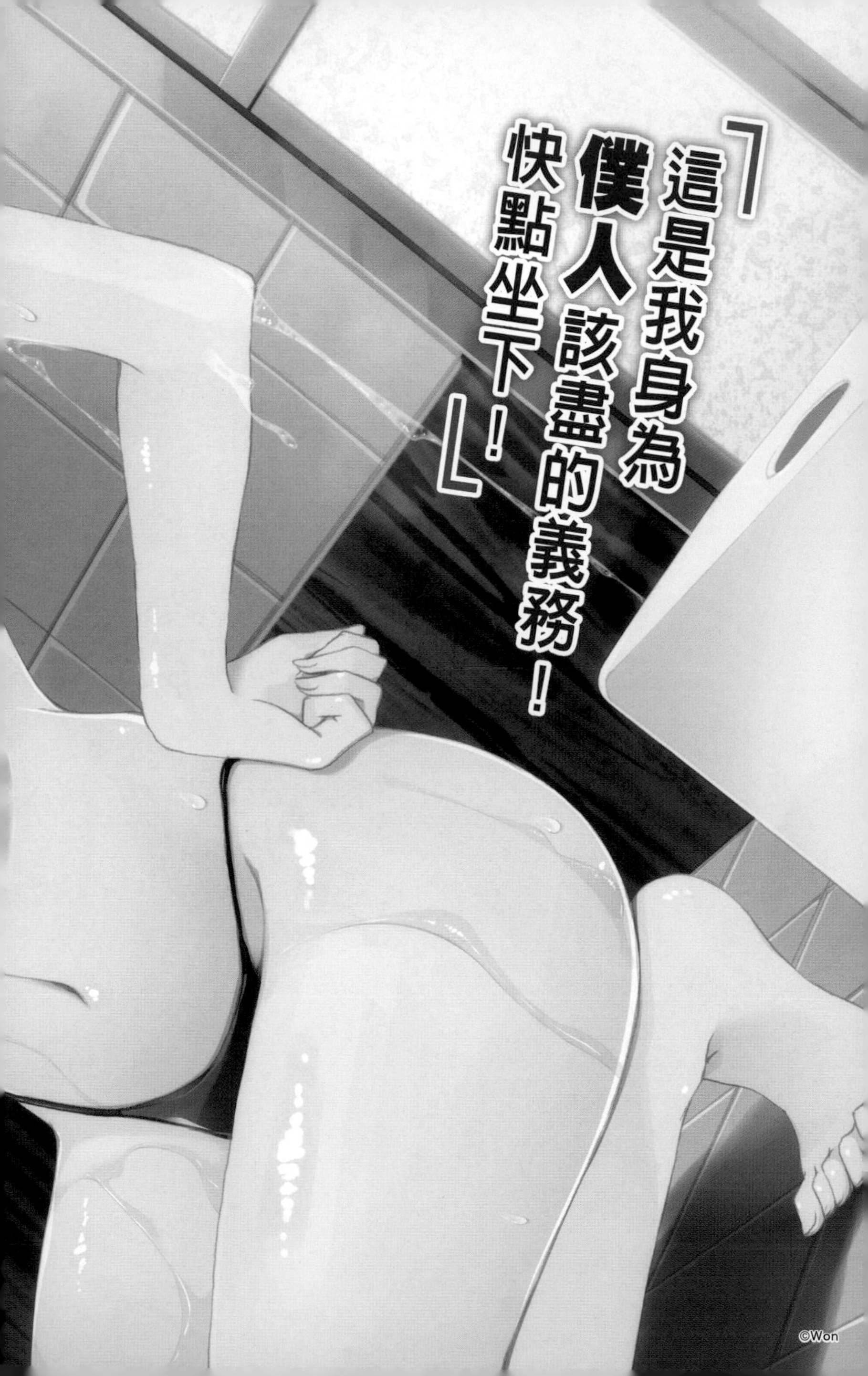
「這是我身為
僕人該盡的義務！
快點坐下！」
©Won

©Won

CONTENTS

序章
早晨的相遇　3

第一章
天才騎士與落第騎士　6

第二章
來自舊巢的訪客　82

第三章
解放軍（Rebellion）　139

第四章
初戰　213

終章
月下誓言　287

©Won

序章　早晨的相遇

黑鐵一輝剛結束每日的晨跑，回到學生宿舍。當他踏進自己的房間時——

他見到房裡有個半裸的美少女。

（……咦？）

少女的髮絲微捲，髮色豔如紅蓮，彷彿熾熱燃起的烈焰。

她的面容與日本人特有的臉孔大相逕庭，赤紅[ruby]眼瞳掛在美麗臉蛋的中央。睜大的雙眼中充滿驚恐，而原因正是那位突如其來的入侵者。

黑色蕾絲包裹住傲人曲線的胴體，肌膚好似初雪般潔白。

太美了。一輝腦內沒有任何一個辭彙，能比「美麗」更恰當形容少女的外貌。

少女的美麗帶有畫中女神的神性，令人起不了一絲淫邪色欲，在一瞬間奪走一輝的目光。

但是、究竟是為什麼——這樣的少女會出現在自己的房間裡!?

（我跑錯房間了嗎？）

一輝腦中瞬間閃過這個可能性。但這裡是第一學生宿舍405號室，三坪大房間＋兩層式床鋪，這個狹小的空間毫無疑問就是一輝的房間。所以搞錯房間的應該是那位少女才對，不過——

「嗚——」

少女的喉間洩漏出帶著長音的悲鳴。

接著便聽見少女大口將空氣吸入肺中。

糟糕，如果她現在尖叫出聲，男方就百口莫辯了。

「等等！我知道妳想說什麼，雖說是不可抗力，但我還是全都看見了，我不會找藉口的。」

一輝故意不提造成這場悲劇的主因是在哪一方。

對這位與自己年齡相仿的少女來說，少女軟玉溫香的軀體居然被不知打哪來的男人看個精光。一輝能體會少女有多麼痛苦難耐，自己身為男人，也該有所表示。

既然如此——

「所以我也脫光了！這樣就扯平了吧！」

「救命啊啊啊啊啊啊啊啊啊!!!!有色狼啊啊啊啊啊啊!!!!」

理所當然，下一秒尖叫聲便劃破晨間的寧靜，響徹天際。

© Won

第一章　天才騎士與落第騎士

〈伐刀者(Blazer)〉。

他們能將己身的靈魂顯現為武裝——〈固有靈裝(Device)〉，利用魔力操縱異能，是千人才會出現一人的特殊存在。

古時候人們稱他們為「魔法師」或是「魔女」。〈伐刀者〉的能力是科學技術無法觀測的，能力高者足以自由操控時間之流，能力低者也能將體能提升至超人般的領域。

這是生而為人，卻超越人之所能的奇蹟之力。

武術、兵器皆無法抗衡的超常能力。

現今的警察、軍隊——甚至是戰爭，都建立在伐刀者的力量之上。

但是擁有龐大的力量，同時伴隨著等量的責任。〈魔法騎士制度〉便是其中之一。

所謂的魔法騎士制度，即是指伐刀者必須畢業於擁有國際機關認可的伐刀者專門學校，獲取「證照」以及名為「魔法騎士」的社會地位，只有這些「魔法騎士」才能合法使用能力。

「破軍學園」，位於日本東京都，是一所占地約有十個東京巨蛋大的廣大校園。這所學校便是日本國內能取得魔法騎士證照的七所「騎士學校」之一。

這裡的年輕伐刀者皆身為「學生騎士」，每日辛勤地磨練自己的技術，互相切磋成長。

而黑鐵一輝卻以性騷擾現行犯的身分遭到宿舍保全逮捕，被帶到這所破軍學園的理事長室中。

「原來如此，你不小心撞見她只穿著內衣的場面，所以自己也脫給她看，認為這樣就公平了是嗎？」

一名身穿西裝的美女正叼著香菸坐在沙發上，她便是破軍學園理事長．新宮寺黑乃。她一聽完一輝說明這場騷動的前因後果——便露出無奈的神情，開口說道：

「你是白痴嗎？」

「我只是認為這樣就兩不相欠了，不覺得這想法很有紳士風範嗎？」

「某種意義上來說，的確是很有紳士風範。」

「我不是指變態紳士啦……唉……現在想起來，碰到這麼一個突發狀況，我當時也是腦袋一片混亂啊。」

「喔？所以說你的意思是，你見到她充滿魅力的裸體，因此失去理智，下意識跟著脫光衣服？」

「……雖然意思沒錯，但是您可否換個說法？搞得我完全是個危險人物似的。」

「黑鐵，話雖然是這麼說，但你也站在她的立場想想看：春假期間的學生宿舍人煙稀少，她只是在房間換個衣服，突然有陌生男人闖進來，還來個現場脫衣秀。你認為呢？」

「完全是個危險人物……」

一輝老實地站在少女的立場想像了一下，接著一股戰慄感便油然而生。

「……唉，史黛菈同學才來留學第一天，就讓她有了不太好的回憶。真希望她不要因此討厭日本才好。」

「黑鐵，原來你知道法米利昂的事嗎？」

「我剛剛才想起來。剛見到她的時候實在太過震驚，一時之間忘了這回事。」

少女名為史黛菈・法米利昂。

位於歐洲的小國——法米利昂皇國的第二公主。

她進入日本破軍學園的消息，也造成不小的轟動。「十年一見的天才騎士！法米利昂皇國第二公主史黛菈・法米利昂殿下（15歲）。以歷年最高分成績的首席身分進入破軍學園就讀！」當時還出現這樣的新聞標題，一輝仍然記憶猶新。

「真正的公主殿下，還是以首席身分入學，真的很厲害。」

「而且她還是無庸置疑的第一名。所有能力都大幅度超越平均值，甚至是身為伐刀者最重要的能力——〈魔力總量(Aura)〉也高於新生平均值三十倍，是真正的A級(怪物)。跟她相比……某位F級能力值過低導致留級，必須重讀一年級，兩者可真是差距甚遠。〈落第騎士(Worst one)〉，你也這麼認為吧？」

「請您別拿我開玩笑。」

一輝不滿地出聲抗議黑乃的諷刺，卻並未否認，也無法否認。

畢竟黑鐵一輝的〈魔力總量〉，的確只有平均值的十分之一。

「總之這下事情可麻煩了。法米利昂本來是為了處理諸多留學手續，才在入學典禮前來到日本，沒想到才第一天就鬧了這麼大的笑話。這件事一個辦不好，可是會演變成外交問題。雖然錯不在黑鐵身上……只能請你負起責任了。或許你會覺得毫無道理，既然身為男人，肚量就得大一點。」

「……為什麼這種時候，男人只能任人宰割啊。」

正當一輝為自身遭遇仰頭歎息——

「……打擾了。」

話題中的少女——史黛菈·法米利昂打開理事長室的房門，走了進來。

現在的她與方才不同，衣衫整齊。

她身穿的西裝外套色澤別致、剪裁得體，正是破軍學園的制服。學生制服那不帶自我主張的配色，與如火焰般的鮮豔紅髮對比，實在是非常適合她。

尤其是她的上圍，特別引人注目。即使是穿上制服，也遮蓋不住那美妙的高低起伏，上頭還緊緊繫上緞帶，使得那尺寸變得更加顯眼。一輝看見這一幕，忍不住回想起稍早看見的她，身上半裸，只穿著內衣……但當他看見少女的表情，不禁語塞。

她應該是剛剛哭過，眼角紅腫，看向一輝的視線中帶著滿滿的憤恨。

「抱歉。」

所以一輝也忍不住道了歉。

男人不應該讓女孩子哭泣。

即使錯不在自己身上，她在當下卻是真正感到恐懼。

「那真的是不可抗力，我並不是想偷看史黛菈同學更衣。不過，既然看都看了，身為男人也該有所覺悟。只要史黛菈同學能夠消氣，我就任妳處置吧，要殺要剮隨妳高興。」

「……真是高尚，這就是身為武士的氣度嗎？」

「我只是口才不好罷了。」

史黛菈的聲音清澄悅耳。一輝面對她的質疑，只是回以苦笑。

於是……史黛菈原本緊繃的神情也隨之放鬆，露出淡淡的微笑。

「呵呵……說老實話，我真的沒想到，居然才剛到日本就遇到變態，差點就打從心底討厭起這個國家了。本來我是打算將這件事衍生為國際問題，不過託你的福，我稍微改變主意了。既然你已經表現出你的覺悟了，我身為皇族，也應該做出寬容的回覆。」

史黛菈方才進房時的敵意已經消失無蹤。

一輝見到她釋出的善意，也重新更正對她的認識。

一輝原本以為她貴為皇女，個性可能驕傲又難以親近。但她其實是個善解人意的好女孩……

「一輝，我就看在你展現出的高尚情操，一切從輕發落——就讓你切腹以示負責。」

……看來一輝想得太美了。

「不、等等，那個，打折再打折之後還是要我切腹嗎!?」

「這是當然的。你居然令本公主如此失態，本來就該判死刑。原本應該要將你綁在木柱上示眾，給全體國民扔石頭才對。讓你切腹已經很寬宏大量了。」

「那與其說是處刑，根本是要把我做成肉膾（註1）吧！」

「我可是讓你保有名譽死去，簡直是出血大拍賣。」

「要出血的可是我啊!?」

「哈哈哈，黑鐵，吐槽吐得真是時候。」

註1　肉膾是一種生牛肉料理，流行於韓國與日本。做法大致是：生的牛肉剁碎，加上調味料，打上生雞蛋即成。

「理事長，您別光在旁邊笑。如果您還算是個教育人士，就快點阻止這場校內殺人劇啦！」

「黑鐵，只要你的一條命，就能換取日本與法米利昂皇國之間永久的和平。不覺得很划算嗎？」

「請不要把別人推去送死，還說什麼划算不划算好嗎!?」

這對一輝來說根本是敲竹槓。

「那、那個，史黛菈同學，沒有更好的解決辦法嗎？」

「你有什麼不滿嗎？對日本男性來說切腹是榮譽的象徵吧。」

「不不不，我是平成年出生的，寬鬆世代（註2）的小孩跟武士道什麼的扯不上半點關係！我還超愛聽嘻哈樂的YO！」

「這個性裝得也太假了。」

「理事長，您如果沒打算阻止，就別在一旁說風涼話！」

一輝怒吼著，黑乃則是在一旁倒茶。

史黛菈看見一輝如此狼狽，神情再次險惡了起來。

註2　寬鬆世代是指日本一九八七年之後出生的世代。這個世代的人就學時期主要受到二〇〇二年開始推行的「寬鬆教育」的影響。但是在寬鬆教育下，學生的學習能力普遍有所下降，學習態度也不夠端正，更衍生出多種青少年的心理問題。

「什麼啊！你剛剛不是還說要殺要剮任我處置！你身為男人，說出口的話就要負責到底啊！」

「不，那、那只是日語獨特的措辭，我實際上並不想任人宰割啦！」

「黑鐵啊，別光找藉口，身為男人的覺悟到哪去了？」

吵死了，眼前的性命要緊啦。

「……總、總之，我只不過是看見內衣而已，沒必要賠上性命啦！」

「你、你說只不過是!?太、太太太過分了！難以置信！你這變態！就連父皇都沒看過的!!玷汙了未婚公主的清白，居然還敢出此狂言!?」

史黛菈聽見一輝如此失言，雙瞳中燃起憤怒的火苗。

不、燃起火苗的……不只是她的雙瞳。

史黛菈周遭的空氣也隱隱透著刺人的熱度，磷光（註3）漸漸開始散落。

（話說回來，報紙上似乎有寫到，她的能力是——）

「我不會再原諒你了！像你這種集變態、色狼、無禮於一身的三出局平民，我就親自將你燒成焦炭！前來侍奉吾身！〈妃龍罪劍〉(Lævateinn)！」

極光帶著炙熱，轉瞬間照亮了整間理事長室，纏繞著火焰的雙手劍，頓時顯現在史黛菈雙手之中。

註3　磷光是某些特定物質受震動、摩擦後或與光線、熱能、電波接觸後，發出的微光。

此劍即為伐刀者將自身靈魂轉化為實體，所顯現出來的固有靈裝。

「聖劍」、「魔弓」、「咒器」、「寶具」──

這些「魔法杖」以各式各樣的型態，流傳於各種傳說、民間故事之中。

伐刀者便是利用固有靈裝為媒介，施展自己的異能──伐刀絕技。

而〈紅蓮皇女〉的能力，便是能將一切燃燒殆盡的灼熱烈焰──！

「你這變態，覺悟吧……！我要把你從這世上徹底蒸發掉，連一絲灰塵都不留！」

「來、來真的嗎!?」

「廢話少說！」

只見烈焰巨劍就這麼朝著一輝迎頭劈下。一輝則是反射性地做出防禦。

「過來吧！──〈陰鐵〉！」

那是一把日本刀，刀身如烏鴉一般通體漆黑。

此為F級騎士·黑鐵一輝的固有靈裝，他用〈陰鐵〉抵擋住史黛菈的下劈一擊。

但是──

「真是無力的抵抗！」

「好燙!?」

「燙是當然的！我的伐刀絕技〈妃龍吐息(Dragon Breath)〉之焰環繞在〈妃龍罪劍〉上頭，溫度可是高達攝氏三千度！即使敵人能擋住妃龍的利爪，也躲不過其威儀之灼燒！」

「這力量簡直鬼扯……！」

一輝咬緊牙根，實在無法繼續停留在史黛菈周圍，只好盡全力拉開距離，但是——

「呵、呵呵呵……真蠢啊，在這麼狹窄的房間裡是想逃去哪裡？……居然敢糟蹋未婚公主的清白，我馬上就會把你燒成焦炭，將這個汙點從世界上抹消！」

「等等、等等！妳先冷靜一下啦！說什麼糟蹋……我根本什麼也沒做啊！」

「你說謊！你明明就有用下、下、下流的眼神直直盯著我的裸體看！」

「我的確是看了妳的裸體，可是那是因為——因為，那個……總之我絕對沒有帶著下流的眼神看妳啦！只是、該怎麼說——因為史黛菈同學實在太美了，我不小心看呆了啦！」

「嗄!?」

史黛菈原本因憤怒而沸騰的臉蛋，瞬間更染上一層鮮紅。

一輝冷汗直流，以為該不會是更加激怒她了，不過——

「你、你你你在說、說什麼傻話啊！怎、怎麼能隨隨便便對未婚女性說出美、美麗這種話……真、真受不了平民，總是這麼粗野……」

只見寄宿在〈妃龍罪劍〉上頭的火焰漸漸轉小，最後只留下點點火苗。

原先史黛菈身上劍拔弩張的氣勢不翼而飛，視線尷尬地四處游移，動作有些扭捏。仔細一看，方才高高抬起的眉間，如今無力地垂下，眼眶內充滿困擾，隱約帶了點溼潤。看來她似乎是在害羞。

（真是意外啊，我還以為史黛菈同學應該很習慣被人稱讚了。）

總而言之，現在史黛菈的氣勢削減了大半，對一輝來說簡直是天賜良機。

一輝總算有機會能說服史黛菈。

「說到底，本來就是因為妳搞錯，跑到我的房間裡換衣服，才會發生這種意外。切腹就免了吧？」

但史黛菈一聽見一輝的說詞，表情再次染上怒色。

「你在說什麼？我完全聽不懂！明明是你擅自闖入我的房間啊！這房間的鑰匙可是理事長親手交給我的，怎麼可能弄錯!?」

「……咦？」

等等？

一輝此時才想到，自己的房間是上鎖的。

就算史黛菈搞錯房間，也不可能進得去。

但是她還是進到房裡了，為什麼？

方才史黛菈親口提供解答了，她是從黑乃手中拿到鑰匙的。

「……這是怎麼回事，理事長？」

「噗、呵呵呵……」

「……理事長？」

© Won

兩人一起看向黑乃，而她則是忍俊不住地笑了出來。

「呵呵，抱歉抱歉，這狀況實在是太有趣了，所以我忍不住捉弄你們一下。沒什麼，理由很單純的。黑鐵也知道，破軍學園的宿舍是兩人一間。所以黑鐵跟法米利昂都沒有走錯房間，說簡單點就是……你們兩個是室友。」

黑乃說出的話，彷彿天方夜譚。

「咦、咦咦咦咦咦咦咦咦咦咦咦咦咦咦咦咦咦!?!?」

「這、這究竟是什麼意思！理事長，我、我怎麼會跟這個變態是室友！」

「就是字面上的意思，史黛菈・法米利昂。有什麼問題嗎？」

「問題可大了!!」

「我也有異議。破軍學園的宿舍的確是兩人一間，但是我可沒聽說過曾有男女共處一室。」

「這也只到我上任理事長之前，也就是到去年為止。黑鐵，我應該有跟你說明過我的教學方針。」

「您說的是……完全實力主義。徹底施行實戰主義……」

「沒錯，這就是我的方針。近幾年的破軍學園，已經完全比不上日本其他六所騎士學校了。就連一年一度由七校共同舉辦，為了選出最強學生騎士的武術祭典『七星劍武祭』之中，本校也是連戰連敗。為了重振破軍學園，理事會才會把我叫來這裡。而重振的第一步，就是宿舍分配——為了讓學生互相切磋成長，無關座號、性別，只要實力相近便會安排在同房。周遭有等級相近的人存在，理當互相產生競爭意識。我就是為了激發出學生們的競爭意識，才故意安排這種分配方式。」

黑乃彷彿炫耀一般地說明自己的想法。

但黑鐵還是對這理由抱持疑問。

「那就更奇怪了。史黛菈同學不是相當優異的第一名嗎？怎麼會跟我這個成績全學年最低，而且還留級的人同房？」

「留、留級!?你、你是留級生嗎!?」

「雖然很丟臉……我連總合等級都只有F而已。」

「F……F級跟我實力相近……這、這到底是怎麼一回事啊！」

「呵呵，哎呀……你們兩個是特例啦。總之就是沒有人能跟法米利昂一樣優秀，或是像黑鐵一樣低劣。也就是說——**你們兩個剛好是因為完全相反的原因，找不到可以搭檔的學生，所以多出來了**。既然如此，只能把多出來的你們湊在一起了。這樣你們能理解嗎？」

「怎麼可能理解啊!?」

史黛菈雙手往理事長的辦公桌上使勁一拍！砰地一聲巨響伴隨著抗議響徹整間

辦公室。

「而、而且，居然要我們這個年紀的人男女共處一室生活，實在太沒常識了！萬一發生無法挽回的錯誤該怎麼辦啊！」

「喔？那麼法米利昂認為，青春年華的少男少女一起生活會發生什麼錯誤呢？我很想知道呢～」

「就、就是……呃……嗚嗚……」

「請您別像喝醉的大叔一樣騷擾別人。」

一輝看見史黛菈因為太過羞恥而熱淚盈眶，有些同情她，便開口制止黑乃。

黑乃則是輕笑著說：「只是個玩笑。」但她並沒有改變主意。

「總之這事已經定了。除了你們之外也有人是男女搭檔，萬一每個人跑來抗議一下就能更改，不就本末倒置了？法米利昂，即使妳是皇女也不會有特別待遇。如果妳有任何不滿，也可以直接退學沒關係。」

退學。史黛菈聽見這個字眼，不免有些動搖。

史黛菈可是特別跨海來日本留學，先不論她究竟有什麼樣的目的或志向，但她應該不願意退學。

「………我知道了。」

面對黑乃的強勢，史黛菈最終只能退讓。

「真的可以嗎？」

「這、這是逼不得已，誰叫這個學園的教學方針就是這樣啊。」

史黛菈不情願地回答著一輝的提問。

「但是，如果你要跟我住同一間房，我有三個條件！」

史黛菈舉起三根手指頭，向一輝提出條件。

照理來說，一輝本身也是逼不得已才接受這種分配制度，根本沒必要理會她的條件。不過……自己好歹也是學長，又身為男性，就寬宏大量地配合她也好。

「只要妳不是提出太過誇張的條件，像是學歷高、收入高、身高高之類的，我應該能盡力做到。」

「我才不會要求到這種地步呢。這是連你也能輕鬆達成的條件喔。」

她的條件有三：

「不要跟我說話、不要睜開眼睛、不要呼吸。」

「這樣一輝同學就死定了呢。」

「如果你能遵守這三個條件的話，就讓你住在房間門口！」

「結果還是要把我趕出去嘛！」

「什麼啊，做不到嗎？」

「這根本是強人所難，怎麼可能做得到啦！至少要讓我呼吸吧!?」

「我才不要！你一定會假裝在呼吸，其實是在聞我身上的味道！變態！」

「我會用嘴巴呼吸！這樣就聞不到味道啦！」

「不行！你是打算用舌頭品嘗我呼出來的空氣吧！變態！」

「這根本是異想天開，連我也想不到啊！公主殿下的想像力也太扯啦!?」

「辦不到的話你就退學吧！這樣我就能一個人住了！」

「哪有這樣的……」

「哎呀，你們這個樣子你一句我一句，不知道要吵到何時才能解決。這麼辦吧，等一下你們兩個進行一場模擬戰，由贏的人來決定房間的規定。以劍來開拓自身命運才是騎士之道，想必你們兩位應該不會有任何異議吧？」

黑乃實在看不下去，便插手提供一個解決方案。

那就是兩人堂堂正正地決鬥，敗者服從勝者，簡單明瞭。

騎士之間如有爭執，大多是以這手段來解決。

「嗯，這樣也很公平，史黛菈同學，就這麼解決吧。」

一輝馬上舉雙手贊成，並轉頭向史黛菈徵求同意。不過——

「啊、嗄!?」

史黛菈看向一輝，突然驚叫出聲。

「咦？妳這麼不想打嗎？」

「不、不是，先不管我同不同意……你、你知道……自己在說什麼嗎？」

「……我說了什麼奇怪的話嗎？」

「你這個F級，而且還是留級的〈落第騎士〉！怎麼可能打贏我這個A級騎士啊!?」

一輝這才理解史黛菈為什麼這麼吃驚。

自己的能力值之差，甚至根本無法晉級，而史黛菈則是被稱為十年難得一見的天才，前途無量的優秀新生。這樣的自己居然向她提出「用模擬戰定勝負」，的確是相當有勇無謀的舉動。

但是——一輝的表情浮起曖昧的笑容。

「不過，是輸是贏也要打過才知道。」

這場爭執根本無法以討論來解決。

史黛菈沒打算讓步，一輝也不可能退學。

他們各自都有著成為「魔法騎士」的理由。

那麼只能依賴討論以外的方法了。

所以一輝這麼對史黛菈說：「用模擬戰來解決吧。」

而史黛拉——則是徹底抓狂。

「嗚呃~~~~!氣死我了~~~~~!你不過一介平民，不但偷窺身為公主的我，還做出暴露狂般的變態行為!現在居然還想贏過我!?區區一個〈落第騎士〉……我……我這輩子還是第一次受到這種侮辱!這國家真是爛透了!!」

史黛菈雙眼充滿殺意，簡直要噴出火來了。她朝著一輝宣布：

「很好，我懂了，我就跟你比一場。不過你居然這麼小看我，賭注可不是區區房間規則就能了結了！**敗者一生都是勝者的僕人**！不論是多麼屈辱的命令都得像隻忠狗一樣服從！聽見了嗎⁉」

「咦、咦咦咦咦咦咦咦咦咦⁉這、這也太過頭了……」

「你現在怕也來不及了。居然讓我如此認真，你就好好後悔自己的愚昧。這已經不是模擬戰，而是正式的決鬥了！」

「看來雙方都同意了，那你們就使用第三訓練場，我會下達許可。」

「理、理事長！請別擅自決定啊！」

一輝出聲抗議，但為時已晚。只見史黛菈憤怒地說著：「你給我做好覺悟！」說完便哼了一聲，丟下一輝獨自離開理事長室。她應該是前往第三訓練場了。

「唉……這下事情大條了，理事長，這樣我很困擾啊……」

「呵呵，你也不想成為她的僕人吧。」

「當然不想。可是這樣不管是贏是輸，我都不想啊……」

「你贏嗎……你方才也見識到那女孩的強悍了。那灼熱的火焰簡直是生人勿近。光是『存在』本身就足以威壓敵人。這能力實在是了不起。她擁有如此攻擊性的能力，並且操縱自如，恐怕是前所未見。她的評價可不是吹牛的。即使如此，你還是認為自己贏得了她嗎？……你還真有趣。」

「理事長您也很清楚。『只要你能在七星劍武祭中獲得優勝，不管能力值有多差我都能讓你畢業。』這話可是您本人說的。而她一定會出戰七星劍武祭，所以不論如何，我是非贏過她不可。現在不過是時間早晚的問題而已。」

「既然你都理解得這麼透徹，也沒什麼好猶豫的。總之只要你贏了，一切好辦。贏了之後只要做出必要的讓步，當僕人什麼的就取消，這樣一來問題不就迎刃而解了？」

黑乃輕拍一輝的肩膀，隨後步出理事長室。

一輝獨自被留在房裡，嘆了口氣。今天他到底嘆了多少次的氣了？

（不過確實是如此……只要自己勝利就行了。）

一輝明白這件事有多麼困難。

即使只有一瞬間的對峙，一輝還是能清楚瞭解到，對方是強敵中的強敵，棘手中的棘手。史黛菈的才能是壓倒性的優秀。那些磷光，是隨著情緒起伏散落在空氣中，魔力之多，無需意念便自行溢出。在她面前，一輝的魔力無限趨近於「無」。兩人的差別，就好比螞蟻與大象，根本沒得比。就連「放在同一個水準上比較」這件事都顯得愚蠢無比。但是——

（總有一天會碰到這樣的戰鬥，不論勝利的機率有多麼微小，絕不能輸，也絕不能逃走。）

一輝早已作好覺悟。

打從那一天——**一輝見到他的笑容，決心踏進這個世界的那一天開始**。

「那麼，就只能硬著頭皮上了。」

一輝輕聲低語著，便走出理事長室。

為了走向決鬥的舞臺，為了以靈魂之刃開拓出自身的命運。

◆

魔法騎士身為國家的戰力之一，理當需要相當的戰鬥技巧。

先不說國際間的戰爭，魔法騎士必須對抗那些濫用伐刀者能力的恐怖組織以及犯罪集團，而其中處於領頭地位的正是〈解放軍（Rebellion）〉。由此可見，戰鬥技巧對魔法騎士來說，絕對是不可或缺的。

破軍學園的校內有數個巨蛋型競技場，四散在校園各處。其內部設有直徑約一百公尺的戰鬥區域，以及環繞在戰鬥區域四周，形成磨缽狀的階梯式觀眾席。

第三訓練場正是其中之一。黑鐵一輝與史黛菈·法米利昂兩人的身影，就出現在訓練場的中央。

兩人分別站在裁判（Referee）·黑乃的兩旁。他們以二十公尺左右的距離，互相對峙著。

而觀眾席上，有數道視線正關注著場上的兩人。

視線的主人是二、三年級生。這些學生原本就在這個訓練場上自主訓練，或是聽見傳聞才前來觀戰。人數約有二十餘人，大多是為了參觀這場在春假期間突如其來的模擬戰，不過他們的目標，全都是這位入學時便名聲響叮噹的超新星（Super Rookie）——史黛菈。

「那女孩就是法米利昂的〈紅蓮皇女〉嗎？」

「超漂亮的！」

「她的髮色好漂亮……簡直像是火焰一樣，太美了……」

「不過對手是誰？」

「……那不是去年留級的黑鐵嗎？」

「留級？為什麼史黛菈要跟那種廢柴對戰？史黛菈可是A級的天才耶？」

「我也不知道……有人去年跟那傢伙同班嗎？有的話能不能告訴我，那傢伙是什麼樣的騎士啊？」

「我雖然跟他同班，不過那傢伙的能力值根本達不到實戰科目的標準，所以我根本沒看過他實際戰鬥啊。」

「他不只沒辦法晉級，連訓練的標準都達不到……太慘了吧。」

「什麼啊，真無聊。那傢伙肯定會被公主殿下秒殺吧。」

史黛菈隱約聽見了有關於黑鐵一輝的情報，不禁啞然失笑。

「我越聽越覺得你這個人真的很沒用耶。你乾脆別當魔法騎士了，像個普通人一樣生活不是更好？」

「事實或許是如此。不過結果是輸是贏，也要打過才知道。」

「你真的懂嗎？你輸了的話，可是要成為我的僕人喔。」

「我明白，但那也要等我真的輸掉吧？那我只要贏過妳就好了。」

「……你是真的打算贏過我嗎？」

「我就是為此而努力到現在。」

對於史黛菈那語中帶刺的口氣，一輝卻只是感到困擾似地，露出一絲含糊的苦笑。

但即使如此，他的步伐仍未從起始線（註4）上退下。

一輝早已做好覺悟，但正因為如此……史黛菈更加惱火。

（說什麼努力……）

「人只要努力，連天才也不是對手。」

史黛菈最討厭抱著這種想法的凡人。

因為當這種人輸給史黛菈之後，總會這麼說：

「我努力過了，但是卻輸在才能。」

他們總是說得彷彿只有自己最努力。

（說得彷佛是……我只有才能贏過他們一樣。）

實在令人火大。

史黛菈也不是天生就這麼強大。

註4　起始線在劍道道場上，是比賽開始時站立的地點。

不，甚至是正好相反。

兒時的史黛菈……被判定根本不可能成為像樣的騎士。

史黛菈的能力太過猛烈，甚至連自己的身體都會遭到烈火紋身。

不論是父母、身邊的任何人都不認為史黛菈能成為騎士。

但即使如此……史黛菈從未放棄過自己。

她明白自己擁有成為優秀騎士的能力。

對於法米利昂皇國這樣的小國，實力高強的伐刀者是非常重要的存在。

在第二次世界大戰中，日本原本也只是遠東的小國之一，但因為出現了像「武士龍馬」這樣的大英雄，才能將日本導向勝利國之路。弱小的國家必須擁有強大的魔法騎士，才能與大國並駕齊驅。

即使這股力量現在只會引火自焚。

但如果能使用自如，對於守護國民一定會是一股很大的助力。

因此史黛菈毫不氣餒，不顧旁人反對，持續修練。

她花費三年時間，終於練成了〈妃龍吐息〉。

在那段時間裡，她不知受了多少次重度灼傷，不知有多少次差點放棄自己。

——她就是這樣苦撐過來，才能造就現在的自己。

（所以我絕對不允許他們只用才能、天才之類的辭彙，簡簡單單地一語帶過我的努力！）

「現在即將開始模擬戰。兩位，請將固有靈裝以〈幻想型態〉展開！」

「過來吧，〈陰鐵〉。」

「前來侍奉吾身，〈妃龍罪劍〉！」

〈幻想型態〉——此型態為對人戰期間，不給予物理性打擊，以魔力直接削去體力。史黛菈將己身魂魄化作的實體——雙手劍召喚為〈幻想型態〉，對著眼前的男人發誓。

——我會徹底擊潰你。

但是卻輸在才能。天才是特別的存在。

他如果抱有這種自欺欺人般的空洞想法，史黛菈將會賦予他無可反駁的敗北，徹頭徹尾地擊潰他。

「很好……那麼，LET's GO AHEAD（開始對戰）！」

於是，天才騎士（number one）與落第騎士（Worst one）之間的戰鬥，正式展開！

◆

「哈啊啊啊啊！」

當開戰的信號一響，史黛菈隨即衝向一輝，揮下纏繞著焰火的一斬。

任憑蠻力揮出的斬擊看似是胡亂揮舞，其刃卻是鋒利無比。

不過終究是單純的斬擊，一輝正確看穿史黛菈的劍路，以〈陰鐵〉抵擋住……

「唔!?」

但他突然中止原本的動作，並向後迴避逃脫。〈妃龍罪劍〉擊中地板，下個瞬間——**整個第三訓練場宛如地震般晃動！**

「退得好。你要是接下這一擊，可不會有什麼好下場。」

「這攻擊力也太誇張了！原來妳在理事長室那一擊，根本沒拿出全力嗎？」

「這是當然的。我要是在那種地方使出全力，可是會毀掉校舍的。」

史黛菈邪邪一笑，擺出追擊姿態。

一輝再次向後退去，拉開兩人的距離。

要是與這種怪力正面對峙，手搞不好會直接斷掉。

史黛菈的武裝是雙手劍，屬於超重量級武器。論雙方的移動速度絕對是自己占上風，既然如此就以速度擾亂對方行動。

這是在面對攻擊力為優勢的超重量級武器時，所採取的基本原則。

但是——這種常識(原則)，不可能適用於眼前這名超越想像的怪物！

「好慢，太慢了！」

「什麼!?」

一陣戾風響起，史黛菈追上了一輝的速度。

「你以為靠速度就能贏得了我嗎？可惜，魔力可不只能用在攻擊。只要將魔力集中於腳底，並使其爆發，就可以增進機動性。而且我的魔力總量，是普通伐刀者的三十倍，根本不需要像你們一樣斤斤計較魔力殘量，就算在整場對戰中維持這個速度——也是綽綽有餘。也就是說，你不論是威力或是速度，全都無法贏過我！」

一輝面對史黛菈這種「超越常理」的性能，只能面露苦笑。

史黛菈．法米利昂就好比是「擁有無限燃料的超高機動性重裝甲戰車」。

（這就是……A級騎士啊。）

就連一輝的目標，站在學生騎士頂端的歷代「七星劍王」們，也大多是B級或C級騎士。對A級的學生騎士來說，學生騎士的頂端還顯得太過狹窄。

歷代的A級騎士，**皆是足以名留青史的大英雄，無一例外**。

十年難得一見的逸才，這個評價的確是名副其實。

一輝徹底體會到這點，而〈紅蓮皇女〉則是揮劍斬向一輝。這一擊，大地都將為之震撼，無法閃避！

面對這無法以速度迴避的鋼鐵一擊，一輝同樣以鋼鐵回敬。兩人展開了刀與劍之間的激烈對決。

刀劍的碰撞聲急速且不間斷，迴響在第三訓練場內的觀眾耳裡，彷彿是奏響樂曲的音符。

「喔喔喔——!!」

歡呼響徹雲霄。

他們所注視的前方，正是〈妃龍罪劍〉所描繪出來的焰之軌跡。

這些軌跡，再再顯現出史黛菈的劍術有多麼精湛。

在魔法騎士之中，很少出現武術或劍術登峰造極之人。

與其浪費時間在武術上頭，不如利用這些時間鍛鍊異能，比較能增強自己的實力。況且學校、社會刻意推廣這種風氣，並未將武術與劍術列入魔法騎士的評鑑裡。

但是會有這種想法的人——不過是個半吊子。

少數真正強大的騎士們幾乎不只是修煉異能，同時也會精進武藝。

他們總是無止盡地渴求著強大。

嘗試所有能成為自己力量的事物，修煉到極致後，追求更上一層的境界。

史黛菈・法米利昂便是如此。

史黛菈曾經贏得法米利昂皇國的劍術大賽優勝。她的「皇家劍術（Imperial Arts）」既是宛如彩蝶飛舞般優美，又有如烈焰一般，猛烈壓迫著一輝。

一輝只能勉強應付史黛菈不曾間斷的斬擊。

一步、又一步。他不斷地向後退去。

「果然會變成這樣啊。那個留級生根本被壓制得死死的。」

「對啊，我感覺他只是一個勁的閃避而已。」

「他遲早會輸吧！」

就如同眾人所預料，戰況逐漸形成一面倒的情勢，觀眾席的氣氛也漸漸冷卻下來。不過——

（這……到底是……）

史黛菈・法米利昂對於現在的戰況，反而感受到一股難耐的異樣氣息。

史黛菈毫無保留的一擊，能令大地為之激盪。照理來說，她只需要一劍就能徹底擊潰對手。對手根本不可能留有被壓制住的餘地。當然，史黛菈本來就不容許任何人能接下她的一擊。

那麼，現在是怎麼一回事？

明明史黛菈是勝利在望，但她的額上冷汗直流。

一輝只是四處閃避？一面倒地防禦？遲早會輸？大錯特錯。

史黛菈已經發覺了。

（我——才是被牽制的那一方！）

「哈啊！」

史黛菈朝著眼前的敵人揮下〈妃龍罪劍〉！

而一輝則是以〈陰鐵〉接下——但他卻不是全力接住，而是利用接收到的衝擊力道，進而巧妙滑離史黛菈的攻擊範圍。

（……又來了！）

乍看之下，史黛菈的力量的確是壓制住一輝。

但實際上卻相去甚遠。史黛菈的攻擊力完全被一輝的技巧封殺掉。

以柔克剛，進而防禦。嘴巴說說倒是簡單，真要實行則是困難重重。一輝迎擊時的力道不能過強也不能過弱，只要力道過強，會被史黛菈擊碎手腕。但若是力道過弱，一輝肯定會不堪一擊而倒地。

一輝就彷彿走鋼索似的，不論是力道、角度、時機，只要存在任何一絲閃失，敗北就在眼前。

史黛菈眼前的武士卻是面不改色，輕而易舉施展這些技巧。

當史黛菈理解這個事實，心中漸漸滲出一種情感，名為「恐懼」。

這是警訊。史黛菈的第六感正在警告自己，眼前的敵人有多麼危險。

「逃跑的速度倒是高人一等嘛！」

史黛菈彷彿為了掩飾恐懼，在攻擊之餘出聲挑釁一輝。

但是——一輝並未回應。

一輝臉上那抹若有深意的微笑早已消失無蹤。他的表情認真無比，不發一語，專注地觀察史黛菈的行動。

（這眼神好討厭！）

他正在注視自己，那眼神似乎能穿透衣服，深入皮膚，就連肌肉纖維的任何一絲動靜都能看穿。

舉手投足都在一輝的監視之下。

一輝的視線居然令史黛菈感到如此不快。

下一秒，史黛菈發現了，一輝打算經由自己的一舉一動來掌握皇家劍術。但是——

「我的劍術可不會這麼簡單就被你看穿！」

「——不、我已經看穿了。」

「什麼!?」

戰況在轉瞬之間——有了激烈變化。

就在對戰開始約五分鐘後，黑鐵一輝初次轉守為攻。

這是在找死。即使一輝的劍術再怎麼精湛，也不可能正面迎擊宛如坦克、擁有壓倒性攻擊力的敵人。

他只會敗倒在其強大的火力之下，理應如此。不過——

「唔嗚！」

史黛菈的步伐居然向後退去！

一輝竟然在正面交戰時，壓制住以力量為優勢的史黛菈。

為什麼？原因就在〈陰鐵〉描繪出來，那宛如日輪般的劍路之中。

這劍路——正是史黛菈的皇家劍術！

「不可能……為什麼你能使用皇家劍術!?」

就在史黛菈提問的同時，她的腦中靈光一閃。

但這可能性之恐怖，令史黛菈完全不敢想像——

「難道……你是在對戰之中偷學的!?」

「沒錯。我從小就是個討厭鬼，沒有人願意教我任何劍術，我只好看著別人偷學。也因此只有這招越來越厲害，只要一分鐘，我就能看穿大部分的劍術。」

劍法有其學問，招式有其歷史，呼吸有其理念，每一套劍術都在傳達這些訊息。只要沿著這些「脈絡」抵達該劍術的「真理」，便不難掌握整套劍術——包括技巧、套路，甚至是會如何對應己方的動靜。一輝這麼解說道：

「這樣一來，只要解讀得夠徹底，就能創作出新的劍術，並且各方面都會比敵方更加高明。」

——要如何完全封死敵方的劍術？

答案很簡單。只要將敵方劍術中的缺點全部修正，重新編織出一套足以向上兼容的劍術即可。新式劍術既是知悉舊式劍術所有的缺點，並且為了彌補這些缺點而生，理應比舊式來得完美，更能在一切攻防戰中進一步取得先機。

「而我能在戰鬥中創造出這樣的劍術，這就是我的〈模仿劍術〉(Blade Steel)。史黛菈同學的劍術相當了得，就連我也花了兩分鐘才能全部學得，又花了三十秒才能使用。但是我已經全部掌握住——差不多輪到我反擊了！」

「喂喂……皇女殿下被壓制住了!?」

史黛菈的劣勢越來越明顯。觀眾們見到意料外的狀況，開始騷動起來。

但是史黛菈才是最為吃驚的人。

這是當然的，這不單單只是一輝劍術凌駕於她。

他是偷學自己引以為傲的劍術之後，輕而易舉地超越了自己。

一輝不過是輕輕一瞥，便從刀光劍影中挖掘出劍術知識，汲取其歷史，奪去其奧義。

彷彿惡魔般的眼力，又宛如照妖鏡一般清澈。

而且眼前的武士居然不靠任何魔力，便能作出如此壯舉。

對這個男人來說，不論是超越皇室劍術，還是牽制A級騎士史黛菈·法米利昂的猛攻——全都只靠體術便能達成。

他究竟歷經什麼樣的修煉，才能達到如此境界？

（太強了……！）

如果只論劍術實力，這個男人絕對強過自己數倍。

更遑論比試之中，兩人的計謀之差有如雲泥。

史黛菈認同這點。她能認同得如此乾脆，也是來自於她的強悍——即便如此，她仍要超越對手！這就是A級騎士，〈紅蓮皇女〉史黛菈·法米利昂。

既然他已經看穿史黛菈的劍路，她就能利用這點！

史黛菈作勢要將〈妃龍罪劍〉向下劈去。

轉瞬間，一輝握緊〈陰鐵〉，從偏下方揮刀而上。

劍路將在對手出手之際，隨即摧毀這記下劈。

一輝只靠著史黛菈的起手式，便能完全判斷出下一劍的角度、威力，理應如此迎擊。但是——這正是史黛菈的陷阱！

（他上當了！）

史黛菈得意一笑，她收起攻勢，向後退去。

這是建立在一輝完全看破史黛菈劍路的前提下，所做出的驚人之舉。

史黛菈至今為止一直處於「攻勢」，卻初次做出「閃避」動作。

一輝識破皇室劍術，取得先機，因而掉進假動作的圈套裡。

一輝的斬擊落空了。

史黛菈看準一輝揮空的瞬間，揮動〈妃龍罪劍〉，瞄準他滿是破綻的側腹斬去！

直到方才為止，史黛菈是被一輝單方面壓制，現在卻突如其來地給予回擊。

〈陰鐵〉的刀刃因斬擊落空，高高停在空中，絕對來不及應付這記攻擊。

〈妃龍罪劍〉的劍刃就這麼深深砍進一輝毫無防備的腹部——本應如此，但是……

「妳的劍法變鈍了。」

「什麼!?」

〈妃龍罪劍〉無法接觸一輝的側腹。

被擋下了。

（不、不可能啊!?）

史黛菈改變節奏，變更攻勢，更正計策。

〈陰鐵〉刀刃所處的位置，應該是無法立即做出對應。

但是他卻擋下攻擊了！

為什麼!?這道問題的解答即是——刀柄。

史黛菈在撤退的同時，揮出橫斬。一輝則是利用〈陰鐵〉的刀柄擋下這記橫斬。

他是利用握住刀柄時，左右手之間產生的微小空隙進行防禦。

（這傢伙的動態視力到底有多驚人啊!?）

「收起本性，一見到勝跡便輕舉妄動，邊逃邊攻擊，一點也不像妳。這種半吊子的攻擊，就連我也能輕易接下。而這不上不下的一擊——就是妳的致命傷！」

一輝語畢，便使勁彈開〈妃龍罪劍〉。

「哈啊啊啊啊啊!!」

史黛菈失去了殺手鐗，〈陰鐵〉的刀刃朝著毫無防備的她砍下。

◆

「結束了嗎!?」

「這一記斬擊相當完美……這下應該是定出勝負了。」

「不會吧……A級的史黛菈同學，居然……」

「應該是太大意了，除此之外不可能有其他原因……」

「……等等！你們快看那裡！」

觀眾們見到意料之外的進展，個個面面相覷。但此時他們的視線卻集中在史黛菈的右肩。

〈陰鐵〉的刀刃朝著史黛菈的右肩斬下——接著便停在半空中。

一輝全力斬下的一擊，卻無法帶給史黛菈任何傷害。

「……果然會是這種結果啊……」

一輝語帶不甘，大大地向後跳開，以便拉開距離閃避放射熱能。

魔力護身的伐刀者，必須以附帶魔力的攻擊才能擊倒。

因為魔力同時也具有防護罩的功能。

但是一輝的魔力過少，細小且孱弱。不論一輝的劍招有多麼卓越精湛，他依舊欠缺身為伐刀者的素質，而且是做為伐刀者極為重要的素質。一輝甚至連史黛菈無意識散落出來的魔力，都無法擊破。

〈魔力總量〉，用以施展伐刀者異能，伐刀者必備的精神能量。這種精神能量的總量是無法單靠努力增加。〈魔力總量〉甚至能比喻成這個人類與生俱來的命運重量。

能成大事者，理應成大事。

一切全為命定。每個人一出生便定下的絕對順序，毫無反抗餘地。

也就是說，兩人與生俱來的才能差距，成為阻絕一輝刀刃的高牆。

「這種贏法……實在太難看了。」

「……果然史黛菈同學也知道，我的〈陰鐵〉是傷不了妳的。」

「當然，我是理解這點，才故意向你挑戰劍術。我必須讓你徹底瞭解，我不是空有得天獨厚的才能，我就算不仰賴天生的魔力，單憑劍術也能贏過你。但是我做不到……我承認，這一次能贏過你，的確是託天生才能的福。」

一輝很強，他口中這句「努力」，不論是重量或是密度，都不同於史黛菈至今擊敗的人們。如果他的才能與常人相同——不、就算是只比常人稍微低劣一點——史黛菈就會敗倒在方才那一擊之下。

但可惜的是，一輝甚至無法擁有這種程度的才能。

所以即使是比試後，一輝說出「自己是輸在才能上」，史黛菈也不會看輕他。他有足夠的權利說這句話。

他是如此……強大。所以——

「我要秉持最大的敬意，擊敗你。」

下一秒，史黛菈使勁向後一跳。

她站在圓形戰圈的邊緣，也就是隔開戰圈與觀眾席之間的牆邊。

我要秉持最大的敬意擊敗你。史黛菈這麼說完後，卻退到邊緣。一輝對史黛菈的行動感到疑惑——下一刻，腦中的疑惑被隨之而來的戰慄揮去。

「煉獄之炎，貫穿蒼天……」

史黛菈舉起〈妃龍罪劍〉指向天空，在這瞬間，寄宿於劍上的火焰俱增，亮度、溫度變得猛烈——火焰甚至不再是火焰，成為光柱，熔解了巨蛋的天花板，貫穿而出。

「這、這是什麼啊啊啊啊啊！」

「太誇張了……她真的跟我們一樣是人類嗎……？」

長逾百米的光之刃——其光芒有如烈日。

其所到之處不許任何生物存在，毀滅一切的極光。

此為A級騎士〈紅蓮皇女〉引以為傲的最強伐刀絕技。

史黛菈已經不打算在劍術上與一輝一較高下。

她不認為自己做得到。她沒有這麼自大。

與史黛菈相比，一輝是遙不可及的優秀劍客。正因為她承認了他——才選擇以自己擁有的才能，這可說是極為不公平的力量，燒毀所有戰鬥領域。

「比試結束了。不要多做掙扎，老實接受失敗吧。這樣對你來說，也是一種幸福。」

史黛菈即將揮下宣告終止的斬擊之時，這麼說道。這段話甚至蘊含著一絲尊敬。

史黛菈認為，既然一輝能將自己的技術淬鍊至如此境界，那麼不論是活在任何領域，他應該都能取得相當的成就。

但卻非得除卻「魔法騎士」這個選項。唯有這條路，他的才能有著致命缺陷。

史黛菈就算是為了一輝，也非得帶給他敗北。以她所擁有的才能，絕對強大的力量──

「〈燃天焚地龍王炎（Calusaritio・Salamander）〉──!!」

這道光劍如同毀滅的代名詞，無情落下，帶著高熱劈開訓練場。

「嗚、嗚哇哇啊啊啊啊！」

「快逃──！我們會被波及啊──！」

「真是的……居然用這個招數來打倒一個人，也未免太小題大作了。」

觀眾席上的學生們發出慘叫，急忙逃離現場。黑乃則是注視著即將倒塌的訓練場，面有難色。

伴隨著壓倒性的炙熱，襲向一輝的只有敗北一途。

……黑鐵一輝卻只是淡淡一笑。

「我也常被妹妹這麼說呢。『哥哥明明除了魔法騎士以外，什麼都做得到，為什麼不往其他方向邁進呢？』……或許真是如此，因為我並沒有成為魔法騎士的才能。」

黑鐵一輝成為魔法騎士的最低條件，就是他必須獲得七星劍武祭的優勝。

這就好比是竹船要爬上瀑布，有勇無謀。

一輝瞭解這件事有多麼困難。

恐怕不會有人比他更清楚了。

「不過我絕對不能退縮——成為魔法騎士，是我畢生的夢想。如果我現在逃離這場戰鬥，就是背叛我對自己立下的誓言，背叛了我的生存意義。」

所以——

「所以……我努力思考。究竟該怎麼做，才能讓最弱擊敗最強？為了貫徹自我到最後一刻，我該做些什麼？——而現在，我即將在此展現我的答覆。」

一輝舉起陰鐵，將刀尖指向史黛菈，這麼說道：

「我將以我的最弱（最強），擊破妳的最強——！」

正當話語脫口而出，一輝的全身上下、〈陰鐵〉刀身瞬間散發出光芒。

淡淡的光輝，有如蒼焰般晃動。

史黛菈一瞬間以為一輝的能力與自己相同，是火屬性能力，但她馬上就發覺有異。

那是將魔力提高至足以目測的「魔力光芒」。

（他的魔力增強了……？）

不、這是不可能的。魔力總量是一出生就決定好的，不可能增減。

那麼這究竟是怎麼一回事？

史黛菈疑惑了，她從來沒聽說過有人可以增幅魔力。

她唯一理解的便是，那把纏繞著蒼藍光芒的〈陰鐵〉，擁有打倒自己的力量。

——但那又如何!?

不論它擁有什麼樣的能力，在太陽之下就宛如天地萬物，唯有化作灰燼一途！

（我只要奮力一斬！這場勝利就如同掌握在我的手中了！）

雙方間隔六十公尺以上。

按照常理來說，在敵人有所動作之前，光之刃就會搶先抵達敵人跟前。

但是——最弱的他，將會打破常理！

「怎麼會……!?」

光之劍即將砍中一輝，但就在那一剎那間，他的身影消失了。

不，他是以看似消失一般的速度躍起，避過了光之劍。

「——!?」

意料之外的揮空，令史黛菈驚訝得睜大雙眼。

（剛才的究竟是!?）

史黛菈在驚訝之餘，馬上朝著一輝揮出第二劍。

〈燃天焚地龍王炎〉是沒有實體的灼熱光劍。因此其劍速之快，快到令人無法相信這是一把劍長逾百米的雙手劍，不是區區人類能閃避。

但是一輝卻閃過了。

第二劍、第三劍，一輝穿梭在光之劍光的隙縫間，以媲美疾風的速度奔馳在戰場上，持續地閃避攻擊。

完全跟不上他。不只是劍，就連視線也無法追上一輝的速度。

史黛菈漸漸地連捕捉一輝的身影，都無法做到。

「這、這到底是什麼力量!?為什麼你能突然快到這種程度！」

「這就是我的能力。史黛菈能操縱火焰，我身為伐刀者，也同樣擁有異能。」

一輝的異能──體能加倍。

這是伐刀者眾多能力之中，被稱作最低劣的能力。

因為伐刀者並不需要特別強化體能。只要釋放魔力，賦予劍足夠動能，便能達到同樣的破壞力。

實際上在這場比試中，史黛菈就是使用同樣的技術。

而且她當時施加強化不只兩倍，是多達五、六倍。

換句話說，只要是伐刀者，誰都做得到體能強化。這項能力不過是劣化版罷了。

一輝的這項能力可說是相當符合F級騎士。但是──

「胡扯！你的速度根本不只兩倍！而且我也沒聽說過，強化體能會連同魔力一起提升啊！」

史黛菈揮舞著光之劍，語調也跟著急促起來。

身體釋放出足以目視的魔力，並且以肉眼無法捕捉的速度移動。

這不可能是單純的體能加倍。

即使他只有提升體能，也足足提升十倍以上。

一輝以迅雷不及掩耳的速度一次又一次閃過光之劍。他露出微笑回應史黛菈的指責，笑容中流露些許傲氣。

「的確，我的用法比較特別，我是盡全力地使用這個能力。」

「嗄!?區區一個想法，怎麼可能提升能力!?」

「不過……如果不是單純的想法，而是照著字面的意思去做，結果又不一樣了。」

「咦……」

「我從小就有一個疑問。假如在賽跑途中，我想在下個一百公尺使盡全力衝刺。但是即使我抱著這樣的想法去跑，仍然會留有餘力。假如自己真的使盡全力，用盡自己所有的力氣——在跑完的那一刻，怎麼可能保有意識？這實在太奇怪了。」

為什麼不能真正用盡全力？

答案是：因為人類是生物。

生物必定擁有讓自身存活的本能。

生存本能（Limiter）。

在生命體的潛意識之中，這項本能擺在絕對優先位置。

即使在內心如何強迫自己卯足全力，本能仍然不會允許自身超過界限。

本能會從平時驅使的力量之中，特別區分、並保留住足以維持生命機能的部分。

換言之，這就是造就生命的機制。

因此不論是體力、肌力、魔力，人類都只能使用原有的二分之一。

這才是事實。

但是，假如能夠忽視本能的話，會如何呢？

如果能憑藉自身的意志力，擺脫本能的束縛……

「難道你……」

「沒錯，我並不是提升魔力，而是刻意破壞生存本能，掌握原先無法觸碰的力量而已！」

一輝比誰都要清楚，自己的才能有多麼低劣。

光只是努力修練，是不可能彌補天才與庸才之間的差距。

這是天經地義的事。

天才也在努力充實自己。

如果有人認為天才只是仰賴自身的才能，那是汙辱他們。

至少一輝能充分理解這個道理。

於是，差距只會擴大不會縮減。

才能之間的差距就是如此。

如果自己想徹底顛覆這個道理，就不能甘於平凡。

——唯有化身修羅一途。

一輝無法忽視事實。

於是他就只剩下一個方法。

既想超越才能之別，自身卻又欠缺力量，就不能太過奢求。

哪怕是一分鐘也好。

不需要再多了。

只要一分鐘。只要能在這麼短暫的時間裡，絕不輸給任何人就好。

要變得無人能敵！

——最弱該如何贏過最強？黑鐵一輝得出了答案。

只要在一分鐘內，竭盡自身所有的力量，將最弱的能力強化數十倍以上。這就是伐刀絕技——

「〈一刀修羅〉！」

一輝在戰場上四處奔馳，但眾人已經無法用肉眼捕捉他的身影。就在霎時之間，一輝以驚人的速度衝進史黛菈的懷中——一切就此結束。

只見刀光一閃。

不論是反擊，防禦，甚至是慘叫，就在史黛菈一切都措手不及之時，〈陰鐵〉砍中了她的身軀。

「啊──」

史黛菈感受到腳邊彷彿是落空一般，同時她的意識也迅速跌進黑暗之中。

在〈幻想型態〉下遭到致命傷，便會出現失去意識的特殊反應。

正如〈一刀修羅〉之名，一輝只用一刀擊敗了〈紅蓮皇女〉。

史黛菈無力的癱倒在地。

「到此為止！勝者，黑鐵一輝！」

裁判──黑乃揚聲宣布勝利者的名字。而在場所有的學生們，對於眼前發生如此意料之外的結局，全都不發一語，在一片靜默之下注視著〈落第騎士〉的身影。

◆

「……唔……」

柔和白光緩緩滲入史黛菈的眼簾，令她醒了過來。

她一睜開眼，見到的便是異常低矮的天花板，以及──

「妳醒了嗎？法米利昂。」

身穿西裝的黑乃。她正坐在史黛菈的床邊抽菸。

「理事長……這裡是？」

「這裡是妳的房間。妳被〈幻想型態〉下的固有靈裝擊傷，導致重度疲勞而昏倒。並沒有嚴重到需要醫生照顧或是使用 iPS 再生囊（capsule），所以就讓妳待在房間休息了。」

黑乃嫣紅的脣中緩緩呼出煙霧。

（……學生宿舍應該是禁菸場所吧？）

但是史黛菈連指正的力氣都沒了。

「……這麼說來，那就不是夢了。」

史黛菈認知到這項事實，不禁感到有些苦澀。

她以為那是一場夢，但現實是殘酷的。

她輸了。

而且是名副其實的慘敗。

「……唉。原來打輸了……會是這麼沉重。太久沒經歷，我都忘了這種感覺呢。」

「哎呀，妳也別太在意，現階段你是不可能贏過黑鐵。畢竟連我都是黑鐵的手下敗將，不過我有放水就是了。」

「他居然能擊敗原世界排行第三的〈世界時鐘（World Clock）〉……他到底是……」

強得跟怪物一樣也要有個限度。

……不過史黛菈後悔也來不及了。

在一分鐘內竭盡全力。這種集中力是常人無法想像的。

他到底是擁有什麼樣的決心與覺悟，才能做到這種驚人之舉？

一輝就有如修羅化身，簡直就是個怪物啊。

（啊……）

話說回來，那男人用盡力量之後會怎麼樣？

「理事長，那傢伙——平安無事嗎？」

黑乃淡淡地點頭回應史黛菈。

「他沒事。雖然他的傷比妳有過之而無不及，至少是沒有生命危險。」

於是黑乃的視線上移，看向雙層床的上方。

史黛菈爬出床鋪向上一看。一輝身穿慢跑衫躺在床上，面容蒼白……若不是聽見他發出微弱的呼吸聲，他根本與屍體無異。一輝彷彿全身失去了活力一般，奄奄一息。

〈一刀修羅〉是一種無視生存本能，從身體強制抽出所有力量的伐刀絕技。

一旦使用，時限一分鐘過後，將會衰弱得連呼吸的力氣都沒有。

這要說當然，也是理所當然的狀況。

「至少他還留有足夠餘力，能自行回房、脫去制服之類的，不然這招式實在負擔太重。黑鐵也是自行調整到這個程度吧。」

「這種程度哪裡稱得上是『餘力』啊？」

他根本不能戰鬥了。

假如在他發動之後，卻失誤無法徹底擊敗敵人，一切就完了。

這實在是誇張的自爆技能。但這個男人依然使用如此極限的招數，擊敗了自己。

「……理事長，這個男人究竟是怎麼一回事？」

「怎麼一回事？妳是指什麼？」

「您別裝傻了！他的移動速度居然快到我的動態視力也追不上，太誇張了！難不成他就是所謂的日本忍者嗎？」

「不、絕對不是妳說的那個……」

「不論如何，這個男人居然會只有F級，甚至是留級，太奇怪了吧!?請您說明一下！」

「雖然妳這麼說，但是判定他為F級，可說是相當適當的判斷喔。畢竟伐刀者的等級，是以身為伐刀者的能力做為基準來判斷。實戰能力……也就是不論劍術或是體能，都不在評判項目之內。更何況劍術、體術一類的能力，在足以施行超常力量的伐刀絕技面前，不過是小菜一碟罷了。」

沒錯，在優秀的異能面前，體術沒有任何意義。

即使是足以斬鐵的精湛劍術，在史黛菈所操縱的，那宛如太陽般的灼熱力量跟前，究竟能做些什麼？什麼都做不到，只能眼睜睜地化為灰燼。

因此假如要判定同等級伐刀者之間的優劣，體術是加不了什麼分的。

「這就是現在普世大眾的想法。所以在現階段是沒有任何一個系統，能夠正確評價黑鐵。而黑鐵去掉了體術……這麼說有點過分，不過他的確是相當差勁。像他這麼差勁的人實在少見。如果說妳是十年難得一見的天才，那這個男人可說是**十年難得一見的爛學生**。他就是這樣無藥可救。妳親身跟他戰鬥過之後，應該也相當清楚，在妳毫無防備的情況下，這男人拚盡全力也無法傷妳半分。」

「……話是這麼說沒錯……但我還是無法接受，這樣的人居然會『留級』。」

「為什麼？」

「我是皇族，我很清楚對一個國家來說，強大的魔法騎士有多麼重要。而學校身負培育魔法騎士的重責大任，不可能不懂這件事。怎麼會讓如此善戰的人因為『學分不夠』而留級呢？」

尤其是現今出現〈解放軍〉這樣的激進組織之後，強悍的騎士更是供不應求。不應該將一輝這樣的人閒置在一旁。

黑乃對於史黛菈的指責，只是面露苦笑。

「呵呵呵……唉、妳真是講到痛處了。」

黑乃像是投降般地嘆了一口氣。

「果然有什麼內情吧。」

「妳說的沒錯……學分不夠什麼的——不過是學園對外的藉口罷了。」

「藉口……？」

「嗯。法米利昂……妳對『黑鐵』這個姓氏有沒有印象？」

「……他不過是個庶民……」

我怎麼可能認識。正當史黛菈想這麼回答時，她想起了一個人。在她的印象中，只有一個人的姓氏與他相同。

「……難不成是『武士龍馬』!?」

「正是。『武士龍馬』，在第二次世界大戰中帶領日本躋身勝利國中，來自遠東的英雄，本名是黑鐵龍馬，他是黑鐵的曾祖父。黑鐵家代代人才輩出，除了龍馬之外也出現相當多名優秀的伐刀者，是從明治時代以來的伐刀者名門，在騎士界擁有相當強的影響力。就是黑鐵本家直接向破軍學園施壓：『黑鐵一輝是擅自出逃本家的敗家子，絕對不能讓他畢業。』」

「為什麼要做這種事……」

「為了名門的面子。他們大概是認為，萬一家裡出了一個『F級（廢物）』，會砸了名門的招牌。畢竟現今的騎士社會認為『等級就是一切』。於是前理事長答應這件事，擅自設立『實戰學科需達到授課最低能力水準』這種詭異規定，把黑鐵踢出課堂外，才會造成留級這種莫名其妙的結果。」

「——！」

史黛菈聽見真相的瞬間，胸中燃起了名為憤怒的火焰。

「這是親人……是教師該做的事嗎!?」

「很可惜，就是有這種大人。當然我可不允許這種事。我一上任便徹底掃除那些垃圾……即使如此，也換不回黑鐵浪費的一整年時間。」

但是——

「但是那個男人也沒有因此妄自菲薄。即使家族如何唾棄他，用不當手法奪走他的機會，甚至是在背後嘲笑他有多麼差勁，**一輝依舊堅信自己的價值**。他不會認為天才是摸不著邊的存在，也不會忽視自己的弱勢，持續與一切的不平等正面對決，才能成就今天的黑鐵。他不斷地相信自己，掏盡自身的所有可能性，才創造出『最強的一分鐘』，足以凌駕十年一見的天才〈紅蓮皇女〉。他實在是個了不起的男人。」

「……」

不論碰到什麼困難，都要持續相信自己。必須堅信自己的價值。

史黛菈感同身受，她太瞭解這有多麼困難。

但史黛菈很幸運，她擁有才能。

史黛菈非常肯定，只要能將自己的火焰操縱自如——自己的力量一定能帶給法米利昂無與倫比的助力。

因此史黛菈才能堅持下去。

但是一輝呢？

他什麼都沒有。魔力貧乏，做為殺手鐧的伐刀絕技又只是單純的體能強化。

一輝是這樣的痛苦，他周遭的大人卻一個鼻孔出氣，一起阻礙他的道路。

為什麼他在這種情況下——還能堅信自己呢？

「到底、他到底是靠著什麼才能持續下去……」

「……天曉得，這要問黑鐵才知道了。不過我很期待，黑鐵能否真的登上七星的頂端。」

語畢，黑乃將香菸塞入攜帶式菸灰缸，再次詢問史黛菈。

「法米利昂，妳今天早上來我這裡打招呼的時候，我問了妳：『為什麼想要來留學？』你還記得妳怎麼回答的嗎？」

「當然記得。我如果繼續待在那個國家，將會無法更上一層樓……」

這就是史黛菈來留學的原因。

有一群人擅自將史黛菈塑造成『天才』。

假如史黛菈繼續與他們一起生活，真的會誤以為自己就是那樣的人。

夜郎自大，內心漸漸腐化。

她會認為自己什麼都做得到，不可能輸給任何人。

這種想法會不自覺地生根發芽，一點一滴削去自己奮發向上的力氣。

這有多麼可怕。

自己絕不能停歇於此。

為了成為強大的騎士，為了守護她所愛的法米利昂皇國，她必須變得更強。

於是史黛菈來到日本留學，追求比自己更加強大的存在。

她必須與強大的騎士一戰，並且一一勝過他們，成為七星劍王。

「既然如此，史黛菈・法米利昂，妳就在這一年內，盡全力追逐黑鐵的背影吧。這對妳的一生來說，何嘗不是件好事？」

「……還不知道呢。」

史黛菈對於黑乃的建議，並沒有給出一個明確的答案。

「我只有從理事長口中認識他，還沒有真正瞭解他呢……」

「……說的也是。」

黑乃像是接受史黛菈的想法，她點了點頭走向房門口。

她轉動門把，打開房門。

「那麼妳就自己好好確認吧。就像我剛才說的，〈一刀修羅〉是將他自己的體力、魔力、力氣一滴不剩地使用殆盡，這種大招式一天只限使用一次，而且還不能中途停止，是個有如怒馬一般的能力。所以他一時半刻醒不過來……哎呀，雖然他是拚了命去戰鬥，又不是真的死了，總會醒來的……妳確認完，如果不論如何就是不想與黑鐵同房，就跟我說一聲吧。我會給妳個ＶＩＰ待遇，特別為妳準備單人房的。」

黑乃說完，便步出房間。

◆

被黑乃留下的史黛菈，看著雙層床的上層，靜靜地思考著。
她腦中所想的，就是眼前這個擊敗自己，名叫「黑鐵一輝」的男人。
（……我並不弱。）
史黛菈並不自大，不會認為自己是世界第一強。但她不覺得自己會徹底輸給一個實力普通的對手。
也就是說，一輝的確是如此強悍。
所以她才會這麼在意。
他強悍的理由。
史黛菈想知道，他為什麼可以不屈服於各種逆境？為什麼可以持續堅信自身的價值？
「……黑鐵、一輝。」
她輕輕地說出了這個名字，卻有種奇妙的疼痛輕柔地搔著內心。
對史黛菈來說，她是第一次如此強烈地想瞭解一個人。
這個在上頭酣睡的少年，令史黛菈在意得不得了。
她實在是等不及他醒來了。
所以史黛菈被心中即將竄出的好奇心煽動，爬上梯子。

一輝仍然繼續沉睡。

他不知何時翻了個身，從史黛菈的方向只看得見背影，無法確認他的表情。不過一輝的背部緩和地起伏，呼吸也相當規律，看來是比方才恢復許多，並不像剛才那樣虛弱無力，彷彿不會再次醒過來似的。

史黛菈不禁鬆了口氣。

「……一輝。」

史黛菈試著叫了他的名字。

但他睡得相當沉，看樣子短時間是不會起來了。

——沒辦法，看他睡得這麼舒服，強行把他挖起來也太可憐了。

自己的疲勞也還沒有完全去除，乾脆去外面散個步，等他醒來再說好了。

正當史黛菈思考去處的同時——

「……」

她的目光不自覺地飄到一輝的背影上，偷偷觀察著從慢跑衫寬大後領裸露出來的背部。

一輝明明一臉不可靠，掛著曖昧的微笑，沒想到他的背影是如此的寬廣、厚實。

並不是說他渾身肌肉的意思。

真要說，一輝應該算是身形纖細的類型。

但是他那宛如鋼鐵般堅韌的強悍，令他的背影看起來似乎特別寬大。

（……只、只是一下下的話，應該、不會怎樣吧？他的臉轉開了也看不到……）

史黛菈向在心中的某人確認之後，便悄悄地將手伸向一輝的背部。

然後，輕輕地觸摸一輝的背部。

「唔嗚……嗯……」

噗通、噗通。一輝體內鮮血的鼓動，透過史黛菈貼著的手掌心，迴盪在她的心中。

一輝的背部很硬，而且——彷彿燙手般灼熱。

但是實際觸摸之後，與史黛菈對一輝的印象有些不同。他不是鋼鐵，史黛菈從他身上感受到強韌、充滿生命力的溫熱。如果要比喻的話，就像是大樹的枝幹，根部紮實緊抓著大地那般，擁有厚實且強大的力量。

（……這就是男人的背嗎……？）

史黛菈沉醉在初次感受到的觸感之中——

「嗯……」

「呀啊……！」

一輝突然翻了身，變成仰躺。

此時史黛菈的右手也壓在一輝的身下。

（……糟糕了！）

如果一輝現在醒過來，史黛菈可是百口莫辯。

她馬上想離開床邊，可是一輝的身體意外沉重，完全抽不了手。

強行用力抽手也是可以，可是一輝可能會就這樣醒來，史黛菈也怕用力過猛，反而從梯子上掉下去。

（……沒辦法了。）

史黛菈屏息，悄悄地爬上一輝的床，跨過他的身體半跪著，用左手稍微將一輝的左半邊身體抬起來。……輕輕的……再輕一點……

「唔……嗯？」

「──！」

「……呼……」

（……嚇、嚇死我了……）

史黛菈不禁冷汗直流。她總算成功用左手空出空間，靜悄悄地抽出右手。成功逃脫！不過──史黛菈重新看著在身下沉睡的一輝。

「……這傢伙完全沒醒來呢。」

他是竭盡全力去戰鬥，會睡得如此深沉也是理所當然──

「──」

史黛菈看著沉睡不醒的一輝，忍不住吞了口唾沫。

一輝因為翻身，腹部的衣物捲了起來。史黛菈的視線就這麼停在他的腹部上。

（……男人的肚子……）

她不是沒看過男人的肚子，但從來沒摸過。

到底會是什麼樣的觸感？

「……史黛菈，妳到底在胡思亂想些什麼！不行、不行！我身為公主，而且還未婚，怎麼可以隨隨便便對陌生男人的身體感興趣！他又不是自己的戀人……太可恥了……」

不，其實也沒這麼可恥吧？

自己又不是抱著什麼色色的心態，才對他感興趣的。

黑鐵一輝，這個第一個擊敗自己的男人，是史黛菈從來沒遇過的獨特存在。

這只是身為騎士特有的純粹好奇心罷了。一定是這樣……應該吧，大概是……

「再、再說，這傢伙也擅自看過我只穿著內衣的樣子，這樣就、扯平了吧……」

史黛菈試圖將自己的行為正當化，不過這完全是詭辯。

對於這個能夠勝過自己，初次遇見的男人，史黛菈完全被好奇心煽動，她跨在一輝的腰際間，緩緩將纖細的手指伸進一輝身上的慢跑衫裡，沿著隙縫，慢慢地將慢跑衫捲起，並且拉至胸腹之間。

「……這就是……男人的身體……」

這是史黛菈有生以來，第一次如此近距離接觸男人。

兩人初次見面時，因為一輝脫得太過突然，自己吃驚之餘實在是不敢多看。不過現在重新看過之後，便發現這個身體鍛鍊得相當精實。

鍛鍊過程中刻畫在肉體上，形成一道道陰影。這跟自己身為女性的肌肉千差萬別。

所以，觸感也不一樣吧？

史黛菈已經停不下來了。

腦內彷彿因為發燒而一團混亂，呼吸也變得急促。

對未知體驗的興趣，簡直讓史黛菈的腦袋沸騰了。

「哈……哈……」

「……我戳。」

她小心翼翼地戳了一下一輝的腹部。

於是乎，史黛菈感受到那存在於薄薄皮膚之下，強而有力的肌肉纖維。

富有彈性，兼具柔軟與力道。

從未碰觸過，第一次感受到的觸感。

但史黛菈充分理解到，隱藏在其中的能量有多麼強大。

「好厲害……」

這不是隨便得來的，而是制定好明確的目標，按照穩健的方法打造出來，屬於戰士的身體。

史黛菈身為女性，但同時也是一名騎士，雖然她有所克制，仍做了諸多訓練。

如果要獲得如此千錘百鍊的肉體，並且持之以恆，史黛菈相當清楚這有多麼困難、多麼辛苦。

她原本對於黑乃所說的內容，抱持種種質疑。現在這些疑問已經消失無蹤了。

一輝確實如黑乃所言，他身處在困境之中，卻依然不放棄自己。

這副肉體彷彿是堅韌意志所化作的結晶，這就是最好的證明。

但是……既然發現黑乃並不是過度評價一輝，史黛菈更是強烈地想瞭解他。想徹底瞭解黑鐵一輝這個人。

史黛菈越是瞭解一輝，內心就越是對他感興趣。好奇心前仆後繼地襲來，簡直快令她窒息。

她感覺到一股不可思議又溫和的熱度——彷彿是自己的體內漸漸充滿了他。

更奇妙的是，她並不討厭這種感覺。

「哈啊……我、我到底是怎麼了？」

史黛菈白皙的指腹輕撫一輝的身軀，細細描繪上頭的起伏。她的聲音宛如是熱得上氣不接下氣一般，對著空氣輕聲呢喃——

「我才想問妳呢……史黛菈同學，妳在做什麼啊？」

一輝見到史黛菈跨在自己的腰間，還一邊玩弄自己的皮膚，完全搞不清楚發生什麼事，只是一臉疑惑地回問她。

「呀、呀啊啊啊啊啊啊啊啊啊!?」

史黛菈瞬間發出淒厲的慘叫聲，並飛也似地從一輝身上跳起來——

© Won

「等等、妳突然爬起來的話會——」

一輝還來不及警告史黛菈，她的頭已經「碰！」撞到天花板後，直接摔下雙層床。

「史、史黛菈同學——!!妳沒事吧!?妳剛剛好像直接頭朝下摔下去了耶!?」

「沒、沒沒沒事啦！我只是掉下去的時候，不小心撞到擺在下面的番茄汁，才潑得滿頭都是。」

「沒事才怪啦！那是史黛菈同學腦袋裡的番茄汁啦！總之妳先別動！我馬上幫妳包紮！」

◆

「這樣就可以了。」

一輝從房間的抽屜裡拿出醫藥箱，幫史黛菈包紮傷口。

「你很熟練呢。」

「我從中學時代就開始獨自生活了，什麼都要自己做才行。」

（……畢竟沒辦法待在家裡了啊。）

一輝在內心嘆了口氣。此時史黛菈開口說了奇妙的發言：

「……理事長把一輝的事情，全都告訴我了。」

「我的事？」

「就是學校以及一輝的老家，是如何對待一輝的。」

「喂……為什麼那個人隨便宣傳別人家的家庭問題啊……抱歉，聽了應該不太舒服吧？」

「那倒是沒什麼……比起這個，我有問題想問你。」

「什麼問題？」

「為什麼一輝受到這麼多阻礙，還是堅持成為騎士呢？」

「……為什麼妳想知道呢？」

「我、我才不是想更瞭解你喔！才不是這樣!?別想得太美了！我只是覺得像你這樣的伐刀者，魔力少得可憐、能力又差勁，簡直是爛透了。你根本不適合當騎士！可是為什麼你還能這麼努力呢？我只是稍微有點興趣而已！」

「被妳批評得這麼糞土不如，我反而氣不起來呢……」

……算了，也不是什麼需要隱瞞的事。

既然史黛菈這麼想聽，那就說吧。只是要特地說出口，一輝反倒有些害羞。

「我有個嚮往的人，他是我的目標。」

「嚮往的人？……難不成是武士龍馬？」

既是黑鐵家的人，又能成為一輝目標的英雄。

一輝也知道，史黛菈只可能說出這個名字。

「嗯……妳說的沒錯。我從以前就沒有伐刀者的才能，老是被雙親以及親戚當作累贅。畢竟我家是悠久的騎士名門，平庸的孩子就算有也是麻煩一個。所以像是控制魔力的課程，明明連分家的小孩都能參加，我卻不能參加；甚至是每年舉辦的全族新年聚會裡，也沒有我的位子。我只能待在房間裡頭，而且房門外還上了鎖。」

『反正你什麼也做不到，就什麼都別做。』

這是在一輝滿五歲的生日當天，親生父親對一輝說過的最後一句話。

從此父親再也沒有對一輝說過一言一語。

不，或許他甚至當作一輝不存在了。

而當家的作為也影響到全族的人們。

大家已經當黑鐵一輝這個人「從不存在」。

——我非常痛苦，痛苦到想真的消失在這個世界上。

「但是就是這個時候，龍馬先生主動找我搭話。」

那一天是元旦，全族都聚集到家裡。對一輝來說，那簡直是如坐針氈。光是待在家裡都很難過，就算躲在房間裡，外頭和樂的笑聲也令一輝感到寂寞。一輝便偷偷離家，跑到後山裡。但是……他卻迷路了。

太陽西沉，山上的氣溫也漸漸降低，點點白雪便成了暴風雪。

即使如此……還是沒有人來救他。

這是當然的，怎麼可能有人跑來找不存在的人。

就算一輝在無人發現的情況下凍死，雙親、親戚也不會流半滴眼淚吧。

對他們來說，有沒有一輝都無所謂。

但是或許只有一個人，只有妹妹會為他感到悲傷……也就這麼一個人而已。

一輝一想到這裡，實在是不甘心到極點。

令一輝灰心的，並非是因為自己沒有才能，而是居然沒有任何人相信他的能力，才不甘心到哭了出來。

……就在此時。

有一位白髮蒼蒼，蓄著八字鬍的壯碩老人出現在一輝面前。他就是黑鐵龍馬。

他對著滿臉淚痕的一輝這麼說道——千萬別忘記這份不甘心。

這份不甘心，證明了一輝**並沒有放棄自己**。

「聽好了，小子。當你長大成人時，可別像那些傢伙一樣，只屈就於才能這種雞毛蒜皮的小事，還說什麼『安守本分』，根本是聽起來好聽的藉口，他們光是這樣就能放棄進步，無聊透頂。你要成為有器量的大人，不要把這種東西放在眼裡——**人只要不放棄**，什麼都辦得到。畢竟人類明明沒有翅膀，卻能跑到月球上去啊！」

老人將一輝頭頂的積雪拍落，並且露出宛如少年般的笑容。

「……我非常開心。這是我有生以來，第一次有人告訴我『不要放棄自己』。不過當時還是孩子的我也相當明白，這不過是句單純的鼓勵，他沒有辦法對我的人生負責。」

但是一輝還是非常高興。即使只是句鼓勵，這句話也拯救了他。

「所以我從那時候就決定了，既然要成為大人，我一定要成為像他一樣的大人。假如某天能遇上跟我同樣遭遇的人，不要像父親他們一樣勸他放棄，而是像龍馬先生一樣——告訴他『你不能放棄自己，才能只是人類的一小部分而已。』我想將這句話傳遞給別人，但是我不能維持現在這個樣子，我必須變強，變得像他一樣強大，不然由我說出這句話，聽起來不過是酸葡萄心理罷了。所以我絕不能放棄。如果想和黑鐵龍馬一樣強大，至少要成為七星劍王才行。」

「……原來如此，這就是一輝的『夢想』啊。」

「在妳聽來……果然會認為是有勇無謀吧？」

一輝猜對了。史黛菈的表情有些尷尬。

一輝的心願……史黛菈覺得那是個很美好的想法。

但一說到要實現，可能性實在是——

「……妳不用說出口沒關係，也不用一臉過意不去的樣子。我自己也很清楚，這並不是輕而易舉就能達成。但是——史黛拉同學，如果妳有個無論如何都不能放棄的夢想，別人卻異口同聲告訴妳『妳辦不到的，快放棄吧。』這個樣子……妳能乾脆地捨棄自己的夢想嗎？」

「啊——」

史黛菈瞬間瞪大雙眼。

緋紅眼瞳中透露恍然大悟般的光彩。

「……呵呵，啊哈哈哈！」

史黛菈臉上的過意不去已經消失無蹤，她放聲大笑。

「嗯！你說的沒錯，我絕對不會放棄。就算是全身燒傷，我也絕不會輕易放棄。」

一輝令史黛菈想起了以前的自己，她以前也是如此。

「原來如此，的確是這樣，根本不用去管夢想能不能達成。先盡全力去做了，如果失敗就算了。可是我們就是沒辦法在還沒做之前就放棄！」

「沒錯，不管才能有多麼貧乏，不管周圍的人再怎麼勸阻，那都不可能讓自己放棄自己。尤其我們可是非常不服輸的人啊。」

「我倒是沒想到有人比我還不服輸呢。」

史黛菈一說完，又再次呵呵笑起。

這笑聲聽來，像是有些傻眼，但又是非常開心。

最後史黛菈像是笑得有些脫力，舉起雙手。

「……唉……我輸了。我才是擅自用天才與庸才這種無聊的區別來評斷你，沒去看透真正的你。抱著這種半吊子的心態，怎麼可能贏得了像你這樣不服輸到極點的傢伙。……我徹底輸了，一輝。」

史黛菈的語氣彷彿帶著些許暢快。

史黛菈對於黑乃的話，已經沒有半點質疑了。

一輝不但是靈魂與自己相近，更是比自己強悍許多。

那麼就會有值得史黛菈學習的地方。

自己如果追趕他的背影，一定能變得更強。

史黛菈確認了這件事，便衷心對兩人的相遇感到慶幸。

這是當然的，史黛菈正是為了追求這樣的際會，才跨海而來。

而一輝從她爽朗的神情中，知道她已經理解自己。

看來史黛菈相當滿意自己的回答，那麼——

「既然妳已經理解了——我們就來談談最重要的事情吧，史黛菈同學。」

「嗯？什麼重要的事？」

「所以說，這場決鬥是我贏了對吧？」

「當然了，我是不服輸沒錯，但是可沒有這麼輸不起喔。」

「那麼，從今以後史黛菈同學就是我的僕人囉？」

「…………咦？」

忽然間，史黛菈的眼睛瞪得老大，宛如鴿子被竹槍打到似的。

「哎呀，我們不是約好了嗎？敗者一生都要服從勝者，不論什麼樣的命令都不能反抗。」

「…………………～～～～～!?!?!?」

下一秒，史黛菈的表情先是宛如沸騰一般地脹紅，接著轉為蒼白。

看來似乎是因為一下子發生太多事，她徹底忘了這件事。

「既然是我贏了，就來下第一個命令──」

「啊、那那那、那個是、算是一種譬喻，我、我只是有點得意忘形，不小心說過頭……」

「嗯～首先該要妳做什麼呢？不管我說什麼全都會聽我的對吧？」

「全、你你你說全部～～～!?不、那個、呃，我、我的確是說了全都會聽你的，可是不能真的全部都聽啦!?不可以啦！」

史黛菈彷彿想從一輝身邊逃走似地，鑽進床鋪的一角，用床單包住全身。

這是哪門子輸得起啊？

「咦咦──？所以史黛菈同學想反悔嗎？」

「嗚唔！」

「嗯～如果史黛菈同學說什麼都不要，那也沒辦法。唉唉，原來法米利昂的皇族都不遵守自己說出口的約定。」

「啊、唔……」

「總覺得有點失望呢～」

「你、你給我等一下！」

想當然耳，一輝只是小小挑釁了一下……史黛菈就上鉤了。

她爬出床鋪，眼角帶淚，強硬瞪著一輝。

「誰說我要反悔的！沒、沒沒沒、沒問題！看是僕人還是小狗之類的，我當就是了！全都聽你的就好了嘛！你想下什麼色色的命令也隨便你啦！變態！笨蛋！最討厭你了！」

「居然惱羞成怒!?」

（……唉，我的確是有點過分了。）

一輝本來是想藉機教育一下史黛菈，女孩子不能隨隨便便拿自己當賭注。有點做過頭了，一輝認真反省著。

一輝一開始就沒打算真的把史黛菈當僕人。他只是希望——

「那我要下命令囉。史黛菈同學，請妳當我的室友吧。」

她能一起同住這個房間裡就好了。

「咦……就、就這樣？」

「嗯。在比試之後，我就覺得我們應該可以處得不錯。而且……我也想跟史黛菈同學相處融洽，所以與其說這是命令，不如說是我的願望。」

一輝也想更進一步瞭解她。

這位少女的靈魂有著與自己相似的光芒，他想更加、更深入去認識她。

而史黛菈聽見一輝這麼說後，

「嗚啊……」

史黛菈才發現自己恰巧與一輝想著同樣的事情，霎時腦內翻騰。

「你、你、你真的是，該怎麼說你較好……一下子稱讚未婚公主美麗……一下說想跟我相、相處融洽……還說得臉不紅氣不喘的，真的是很粗枝大葉耶……」

史黛菈羞紅了臉，連耳朵都隱隱泛紅。彷彿是沒辦法面對一輝似地，轉開了視線。

但一輝見狀，卻誤以為她生氣了。

「呃、果、果然史黛菈同學還是不想跟男人同房吧。抱歉，不小心沒頭沒腦地胡說一通……嗯！那我們一起去理事長那邊吧。只要認真拜託理事長的話，她應該也會通融一下，安排房間給妳……」

「等等！」

一輝正打算退縮，史黛菈卻又緊抓著不放。

「……可以啦。」

「咦？」

「我、我說！同……同房也可以啦。」

「真的可以嗎？」

「我、我醜話說在前頭，這是你的命令，我只是逼不得已才答應的！如果讓別人誤會法米利昂的皇族都是謊話連篇，我也很困擾……真的只有這樣喔！我、我才不是想跟你好好相處什麼的……我才沒有這種想法！」

史黛菈的視線不停四處游移，單方面說了一堆理由。

雖然她的說法拐彎抹角……一輝還是聽得出她同意了。

能得到她的同意，一輝相當開心。

「那就今後請多多關照，史黛菈同學。」

「……反正是逼不得已，我會好好關照你的……哼！」

史黛菈依然不願轉向一輝，兩人就這樣握了握手。

史黛菈的手，比一輝想像中來得小……也比一輝想像中來得炙熱。

而就在兩人在領地問題上達成協議時——宿舍的鐘聲響了起來。

告知眾人時間已來到八點。

「完蛋了，看來我真的睡太久了，這下糟糕了。」

「一到八點會發生什麼事嗎？」

「這裡的餐廳八點就關門了。晚餐該怎麼辦……」

（……門禁是九點，還來得及去超市買點東西。不過使用〈一刀修羅〉過後，肌肉會異常痠痛，實在是不太想自己煮飯啊……）

一個不小心就會切斷手指，太恐怖了。

正當一輝雙手抱胸煩惱的同時——

「那、那就我來做吧。」

史黛菈異常開朗地向一輝提議。

「咦？可以嗎？」

「雖然我實在是……相當的不願意，不過一輝是……那個、我的主人……之類的嘛。如果主人肚子餓的話，身為女僕應該要端上料理才是。」

「……可以的話，僕人什麼的就別當真了吧？」

「那、那可不行！皇族一言既出駟馬難追！所以廢話少說，你就乖乖地讓我服務就好！」

真是高高在上的女僕啊。

不過……說老實話，女孩子親手為自己煮飯，還真是相當吸引人。

畢竟一輝也是普通的男人。

「我懂了，那就一起去附近的超市吧。我至少還能幫忙提東西喔，史黛菈同學。」

「唔……」

（……嗯？史黛菈同學怎麼突然不太高興？……）

「……禁止說那個。」

「那個？」

「就是『史黛菈同學』的稱呼。一輝可是主人，而且年紀比我大，居然對我用敬語，太奇怪了。直呼我的名字就可以了。」

「咦……史黛菈同學可是真正的公主殿下，我不太敢……」

「是誰主動開口說想成為公主殿下的朋友啊？」

「呃……」

「既然是朋友，用敬語很奇怪吧？」

是這樣說沒錯啦，可是——

「既然是朋友，還分主僕更奇怪吧……」

「這個是這個，那個是那個！」

「咦咦咦咦……」

「總而言之！」

史黛菈氣勢十足地用食指指著一輝的鼻子。

「如果你不稱呼我為『史黛菈』，我是不會回你話的！」

史黛菈這麼命令一輝。她的表情像是生氣，又帶了點羞澀，看起來相當可愛。

雖然直呼公主殿下的名字，心裡總是有點疙瘩……不過既然是自己想跟對方好好相處，就不應該自己先製造隔閡。

「……呼——我知道了，史黛菈。」

最後一輝還是乖乖遵從史黛菈的意思。

話又說回來，從剛剛開始一直都是史黛菈掌握著話題的主導權與決定權。

還真是個犀利的女僕啊。

不過——

「嗯！那就出發吧，一輝！我還不太清楚日本的事情，你可要好好保護我喔！」

「是、是。」

光是直呼名字，就能讓史黛菈笑得這麼開心。那麼從此之後也都直呼她的名字吧。

一輝見到史黛菈的笑容，像是咬餌上鉤般地跟著微笑，悄悄地在心裡下了決定。

第二章
來自舊巢的訪客

四月的早晨，仍然令人感到有些寒冷。

擁有廣大校地的破軍學園門外，出現了兩道身影。

一位是黑鐵一輝。他身穿運動裝，待在正門前喝著水壺蓋杯裡的運動飲料，雙肩微微上下起伏。

另一道身影是史黛菈・法米利昂。她同樣身著運動衫，以一輝所在的正門為終點，上氣不接下氣地跑著。不過她離一輝還有很大一段距離。

一輝為了維持體力，每天早上都會進行晨跑，全程約二十公里左右。

而就在三天前，史黛菈搬進同一個屋簷下生活，同時也與一輝進行相同的每日訓練。

但是一輝因自覺魔力不如人，為了彌補魔力方面的缺陷，他在肉體方面的自主訓練，內容實在過於艱難，是常人無法負荷的程度。舉例來說，這二十公里的晨跑並不是輕鬆的慢跑，而是全力衝刺加上慢跑，刻意以快慢兼併的方式加重心肺負擔，以便增強心肺功能。

第一天，史黛菈倒在半途中。

第二天，史黛菈吐了出來。

因此到了第三天，一輝故意配合史黛菈的步調起跑，但是——

「我說過不要管我！」

每當一輝放慢步調，史黛菈便一副要砍人似地開口怒罵一輝。於是第三天，一輝還是以往常的速度奔跑。

不過這一次，雖然史黛菈慢了很多，仍然堅持跑在一輝身後。

（……史黛菈果然很厲害啊。）

一輝看著史黛菈的身影，默默在心底佩服她。她明明已經搖搖欲墜，仍然一點一滴地接近終點。

明明她的魔力是如此優異，卻還是努力配合自己的訓練。

由此可見，她至今為止並不是只仰賴自身才能，而是持續辛勤地鍛鍊自己。

「哈啊——！哈啊——！到終點了……」

「辛苦了。」

「沒、沒什麼……這點距離……」

史黛菈明明累到連擦汗的力氣都沒有了，真是有骨氣。

一輝見史黛菈的呼吸逐漸平穩下來，便將自己方才喝過的運動飲料倒進水壺的蓋杯裡，遞給史黛菈。

「來，運動飲料。」

不過史黛菈卻一臉猶疑地盯著一輝遞過來的蓋杯。

「咦？……這不就是……間接接吻……」

「怎麼了？……啊、抱歉，史黛菈……妳不想用男人喝過的杯子吧。」

「我、我沒有說我不想啊！……不如說是正好相反……」

「正好相反？」

「沒、沒、沒什麼啦！笨蛋！快點把杯子拿給我啦！」

史黛菈的雙頰經過晨跑，原本就微微發熱，現在又顯得更加泛紅了。她接過運動飲料一飲而盡。

（……啊、她居然剛好碰到我喝過的地方。）

不過來不及提醒她了，也沒辦法。一輝懷抱著莫名的歉意，下意識從史黛菈身上移開視線，轉而注視著破軍學園的正門。

正門前方──佇立著看板，上頭正是開學典禮的通知。

「……開學典禮，終於來了啊。」

一輝內心感慨萬千。

他入學的第一年，完全無法獲得任何翻身的機會，時間就這麼流逝而去。

但是今年不一樣。在新任理事長・新宮寺黑乃的管理之下，所有學生皆擁有平等的機會。

一輝期盼已久的機會終於來臨，不免興奮難耐。而且——

「一輝，你好像很開心？」

「看得出來嗎？其實我有個想見的人。」

「……那個人該不會是女人吧？」

（咦？好像感覺到一股殺氣……）

「呃、的確是個女孩子沒錯——」

「永別了！」

「等等等等！妳先把〈妃龍罪劍〉收起來，聽我說完啦！那個女孩子是我的妹妹啊！」

「你的妹妹？……話說回來，決鬥完之後，你好像有提過妹妹之類的事。」

「嗯，就是那個妹妹，她似乎也是今年的新生……四年前，我離家出走之後就音訊全無了。一想到能見到久違的她，我真的很開心。」

那女孩一頭銀髮，綁著雙馬尾，總是踩著小小步伐，緊緊跟在一輝身後。

她既愛哭，又怕寂寞，也很愛撒嬌。而且，就在父母、兄弟，甚至是親戚，全因一輝毫無才能而捨棄他、輕蔑他。只有令人憐愛的妹妹，也只有她會毫無隔閡對待一輝。

對一輝來說，黑鐵珠雫是**獨一無二的家人**。

已經過了四年，她究竟長大多少了呢？

「真期待啊。」

「我先請問一下……那位妹妹，應該沒有那種毫無血緣關係之類的設定吧？」

「不，我們是常見的普通親兄妹。」

「那就好。」

史黛菈究竟是允許了什麼事？

一輝雖然不太懂，既然不太懂就不需要深入追究，這是一輝的原則。

一輝再次看向「開學典禮」的看板，想像著今後的未來。

賭上七星劍武祭出戰權，日夜奮戰的日子即將展開——

◆

「好了——☆各位新生！恭喜各位正式入學——！♡」

年輕女教師露出滿臉笑容，她站在講臺上，朝著一輝一行人拉響拉炮，發出砰聲巨響。

「我就是負責一年一班，也就是各位的級任導師，折木有里。我還是個菜鳥老師，也是第一次負責整個班級，請大家別太嚴肅，像稱呼朋友一樣稱呼老師為『小有里☆』，老師會超級開心喔——♪」

……日夜奮戰的生活居然用這種方式展開，未免太過輕浮了。

「……總覺得這位老師會讓人相當疲憊啊。」

或許是有緣吧，恰巧坐在一輝隔壁的史黛菈忍不住出聲抱怨。她實在受不了折木這種過度高漲的情緒，她簡直像是在唱獨角戲。

「啊哈哈哈……是沒錯。不過，她是位好老師。」

「你認識她嗎？」

「之前有見過……」

「嗯──因為今天是開學第一天，我們就不上課了！不過呢，老師這邊有一件事要宣布，是關於『七星劍武祭代表選拔戰』，請大家拿出學生手冊。」

一輝按照指示，從胸口口袋取出一個約有手掌大小的液晶裝置。

破軍學園的學生證是性能相當優異的機器。功能相當多，可以做為身分證明、錢包、行動電話、網路裝置等等。

「好，雖然理事長在開學典禮上也提過，老師再重複一次。到去年為止，破軍學園都是以『能力值』為標準，來篩選代表選手對吧？不過，從今年開始廢除『能力值選拔制』，更改為『全校學生都可參與的實戰選拔制』！由全體學生進行選拔戰，從中選出『六位』成積優異的學生，做為選手代表出賽！哇喔～多麼刺激啊！而比賽行程會由『選拔戰執行委員會』傳送信件到各位的學生手冊中。各位要好好確認時間，在指定的日期前往指定的場所喔。未到者會被判定為不戰而敗，請各位多多注意♡」

「老師。」

史黛菈舉起手。

「不～不～要稱呼我『小有里☆』，不然我不會回答妳的喔。」

「……小、小有里。」

「是～史黛菈有什麼問題呢？」

「選拔戰總共會有幾場賽呢？」

「雖然還不能透露詳情，不過一個人最少需要比上十場左右。大家可以想成選拔戰開戰後，至少每三天會有一場比賽，大概是這個樣子♪」

一輝聞言，在心底小小鬆了口氣。

他的伐刀絕技．〈一刀修羅〉一天只能使用一次。假如需要連續上場，對一輝來說相當不利。

這個消息對一輝來說是僥倖逃過一劫，不過對其他的學生來說，則是個天大的壞消息。

「真的假的啊？」

「好麻煩喔～這樣就不能出去玩了耶。」

「我本來就不想參加什麼七星劍武祭啦。」

教室各處頓時抗議聲四起。

這也是沒辦法的事，不是每個人都和一輝一樣對七星劍武祭有興趣。

七星劍武祭並不是〈幻想型態〉，而是以〈實像形態〉進行真槍實彈的戰鬥。

戰鬥中受傷是家常便飯，嚴重一點更可能危及性命。

並不是每個人都願意背負如此龐大的風險來磨練自己。

只要安安穩穩的畢業，獲得魔法騎士的資格，有一份高薪且安定的工作。

還是有學生期望著如此平穩的生涯。

「如果選拔戰棄權或是戰敗，會有什麼懲罰嗎？」

其中一名抱持這種想法的學生，開口詢問折木。

「不會有懲罰喔♪更不會影響成績，但是勝利的話會有小小的獎勵☆當然也可以不參加。所以如果有人覺得『我對七星劍武祭一點興趣也沒有』，請直接回信給『執行委員會』，表明不克參加即可。他們會自動從抽選名單中剔除你的名字。但是啊……」

折木突然往一輝的方向看了一眼，露出柔和的微笑。

「選拔戰的確是相當辛苦，但是老師覺得像這樣的制度，每個人都能公平獲得機會，是非常好的事喔♪這就表示，在場所有的人都有機會獲得七星劍武祭的優勝，成為『七星劍王』。所以老師希望各位盡可能地參加，並且嘗試朝著這個目標前進。老師相信這樣的經驗一定會成為大家無可替代的資產喔。」

一輝則是回應折木的眼神，微微地低頭表示謝意。

一輝認識折木是在——一輝接受入學測驗的時候。

那時一輝是考生，而折木則是考官。

正因為她正確評斷一輝的資質，一輝現在才能待在破軍學園裡。

一輝回憶起一年前的往事。

（……啊，我記得折木老師……）

「那麼各位同學，接下來一整年的時間，要卯足全力努力學習——!!各位同學，我們一起來

加油加油、嘔噁——!!（吐血）」

……一輝這才想起來，她非常體弱多病。

「「「小、小有里啊啊啊啊啊!?!?」」」

「呃——沒事、沒事，大家冷靜點。」

突如其來的慘劇令學生們驚慌失措。一輝一邊安撫同班同學，一邊扶起折木的肩膀。

「不用太擔心，折木老師真的只是身體相當虛弱而已。」

「不擔心才怪啦！老師吐了一大灘血耶!?」

「咳呵、咳……黑鐵同學說的沒錯，沒事的。」

折木咳嗽不止，對著心急如焚的學生們淡淡一笑，彷彿隨時就會仙逝而去……

「老師……從小到現在……每天都會吐大約一公升的血……」

「這樣怎麼可能沒事啊!?」

「咳咳！咳……哎呀，畢竟老師拖著這身子活了二十年以上，還算是強壯的呢。呵呵呵……很厲害對吧？」

「請您別炫耀這麼可悲的事情。呃……總之我先帶老師去保健室，請大家先清理一下那灘血跡。」

「好的，就交給我們吧！」

一名有著金桃髮色的女孩子點了點頭。一輝見狀，便扶著折木的肩膀，前往保健室。

途中，一輝問了一件很在意的事：

「折木老師，我想請問一下，您今天會這麼興奮，該不會是為了慶祝新生入學吧？」

「咳咳！咳呃……嗯，畢竟是難得的日子……老師想好好恭喜大家……就超級勉強自己嗨起來這樣……」

原來如此，果然是這樣。一輝能理解折木的想法，溫柔的她的確會這麼做。

「折木老師……雖然這麼說有點過分。」

「什麼事？」

「大家應該覺得您這個樣子超煩的。」

「嗚呃……」

雖然很可憐，不過這是為了她好。

人還是要考慮一下自己的年齡。

◆

「老師說大家今天可以先回去了。」

一輝轉述折木的留言。第一天的導師時間便宣告結束。

（接下來去找珠雫……我身為留級生，在班上待太久也不太好。）

一輝從剛才開始，就一直感受到周遭的視線。

雖然老師突然病倒，來不及做自我介紹，但班上大部分人應該都發現一輝是留級生。

那些視線帶著些許困惑，他們應該是不知道怎麼對待一輝吧。

（畢竟自己剛才也指揮起同學了啊……）

他們難免會認為一輝太過自作主張了。

一輝顧慮同學們的心情，便站起身準備離開，就在那一剎那——

「學～長！」

「嗚哇!?」

一位同班的女孩子突然抱了上來。

「怎———喂！一輝你在幹什麼啊？」

「我才想問啊!?那、那個，妳有什麼事嗎？這麼突然……」

「哎呀、哎呀，我真是的。一想到能好好跟學長說話，不小心太興奮了。不好意思，失禮了！」

女孩俏皮地吐著舌頭道歉。她有著金桃色的秀髮，戴著眼鏡，正是方才爽快接下清掃工作的女孩子。她放開一輝，報上自己的名字。

「我叫做日下部加加美，是學長的超～～～級粉絲喔！」

「我的粉絲？」

伐刀者對於社會大眾來說，相當備受矚目。

不只是魔法騎士，包含學生騎士在內，所有能力出眾的騎士都會像史黛菈一樣，受到媒體關注。每年的七星劍武祭，這場學生騎士的頂點爭奪戰，也都會在全國網路上播放。有不少人是因為見到這些在校生的活躍表現與評價之後，相當崇拜這些學生騎士，才進入該所騎士學校成為新生。

但是……一輝並不屬於其中任何一種。因此當一輝聽見有人自稱是自己的紛絲，不禁感到疑惑。

「妳應該搞錯人了吧？……我不記得有做過什麼會讓人追捧的事。」

「討厭啦！學長，你就別裝傻了。看看這個。」

一輝正想澄清自己並沒有裝傻，但是當加加美取出學生手冊，螢幕上的影像令他一瞬間啞口無言。

螢幕映著的正是——

「……這是我們的決鬥啊！」

史黛菈跟著一輝探頭看了看螢幕，隨即驚呼出聲。

「學長跟史黛菈該不會真的都不知道這件事咩？你們兩位都不上網嗎？」

「嗯，我對機器之類的不太擅長……」

「我也是，完全不會上網，而且我也沒有電腦。」

「那就沒辦法了。這段影片是在學長和史黛菈對決之後，馬上就被上傳到動畫網站上頭，還引起相當大的騷動呢。大家都知道這段影片，對吧？」

在一旁聽著兩人對話的同學們，全都一起點頭回應加加美。

「嗯，我看過那段動畫。」

「網路上有不少情報收集網站，都有記載這個消息。不知道的人還比較少吧？」

「我也看過喔。所以我也很想找學長聊聊……不過學長畢竟比較年長嘛……有點不知道該怎麼開口……哈哈哈……」

（原來剛才感覺到的詭異視線就是這樣來的啊。）

「抱歉，看來是我讓你們費心了。既然我們已經是同學了，可以不用這麼客氣，盡量來找我聊天沒關係。」

「「真的嗎⁉」」

「嗚哇⁉」

四周的女同學們突然全都興沖沖地湧到一輝身旁。

「太好了！非常謝謝你，黑鐵學長！」

「我自從看了那場決鬥之後，就一直很想跟黑鐵學長聊聊啊！」

「我也是！因為您真的很帥啊！」

「那個，黑鐵學長！如果可以的話，可以請您教我劍術嗎？我也想變得像學長一樣強！」

「啊！妳太狡猾了！那也請您教教我吧！」

「等、等等！我雖然說了可以盡量來找我，但是妳們這樣一擁而上，我反而會很困擾啊。」

這些少女的眼神中都充滿著敬意與好感。一輝被她們投以這樣的眼神，不免有些退縮。

但這也無可厚非。

畢竟一輝並不是個會遊戲花叢間的少年。

如果有那種美國時間，一輝會更加專注於鍛鍊自己。所以他至今都沒有像現在這樣，被年輕女孩投以目光。

光是被她們這樣注視著，一輝的心臟就跳個不停了。更何況她們的目光閃閃發亮，滿載著尊敬的光芒，更令一輝害羞又尷尬。

「呵呵，學長被自己的人氣嚇到了嗎？但是現在大家的目光焦點都是在學長身上喔～根據我收集到的資料，學長特別受女性歡迎呢！」

「咦咦？為、為什麼？」

「因為學長很強啊！以魔法騎士為目標的女孩子們，可都是非常喜歡強大的男性喔。而且您明明這麼強大，卻被稱為〈落第騎士〉，幫學長增添一層神祕面紗，又大大加分了。不過其中最重要的，就是學長的長相了。學長長得很可愛呢。」

「應、應該沒這回事吧……」

「學長這種帶了點困擾的笑容，可是會激起女孩子的母性呢！」

「沒錯、沒錯。」「學長明明比較年長，卻很可愛呢。」周遭的女孩們聽見加加美的說法，也紛紛表示贊同。

（可、可愛……我的確是知道自己的長相並不是很有男子氣概。不過我身為男人，居然被低年級的女孩們說可愛，心裡實在很複雜啊……）

不、比起被她們討厭，我當然是希望她們能親近自己，不過——正當一輝心情五味雜陳的時候，加加美忽然一把抱住一輝的右手臂。

「加、加加美同學!?」

「然後呢，我對這樣人氣超旺的學長，有一個小小的願望。您可以聽聽可愛學妹的心願嗎？」

加加美抱著一輝的手臂，在兩人極度接近的狀況下，用她水汪汪的大眼注視著一輝。

「是、是什麼心願呢……在我的能力範圍內……可以盡可能配合妳。」

「哇喔——♪非常謝謝您！至於我的願望呢，其實是因為我想創立學生報社，而這值得紀念的破軍高中壁報第一號，我希望能將學長的事刊登在上頭！標題就是……我想想喔。『充滿威脅的伏兵！竟能輕鬆擊敗傳說中的超新星！』像這樣如何呢？」

等等！她居然直接在史黛菈面前提這個話題。

一輝汗流浹背，偷偷觀察史黛菈的臉色。

「哼～嗯～這不是很好嗎？你可是大受歡迎呢。儘管接受採訪啊，學長。」

她面無表情地說道。

這也是理所當然的，自己的敗績居然要被大肆報導，怎麼可能會有好臉色。

至少一輝見到史黛菈的表情後，也沒那個膽子接受採訪。

「不好意思，我不太習慣這種事……」

「沒問題的～我會很溫柔地，把手把腳地教導學長的。」

加加美沒有因此讓步，反而更加纏住一輝的手臂。

一輝的手臂被夾進她的胸部裡，一陣甘美麻痺爬上一輝的背脊。

「嗚啊……那、那個，日下部同學。」

「請別叫得這麼冷淡嘛。我跟學長感情這麼好，叫我加加美就可以了。」

（我們感情什麼時候變好的——不對，現在不是吐槽的時候。）

「加加美同學，你先、那個、先放開一下……碰到了。」

「哎呀呀？您說碰到什麼了？」

加加美歪了歪頭，似乎沒發覺有什麼不對勁。

直到她發現一輝的視線停在自己的胸部附近，這才理解狀況。

當她理解了之後——臉上浮現了帶著濃濃惡意的笑容。

「不要～除非您答應接受採訪，不然我絕～不～放～開。」

加加美更加毫無顧忌地將自己的胸部壓上一輝的手臂。

「哇啊啊啊啊啊!?」

「……請再多告訴我你的事情嘛，學．長♡」

柔軟的雙唇貼近一輝耳邊，甜膩的呢喃聲，溫和的氣息，輕撫著一輝的耳朵。

一輝很清楚，這全都是誘餌，是為了要讓他上鉤。

但是就算一輝再怎麼清楚——

（……好、好可愛…………）

一輝好歹也是個男孩子。

年輕貌美的女孩子如此積極向自己示好，怎麼可能會不開心。

一輝明知道是陷阱，表情卻越來越鬆懈。

加加美的強勢逼得一輝節節敗退。

史黛菈看到這樣的一輝……也終於忍耐到極限了。

「喂，一輝——！」

你到底在害羞個什麼勁，很丟臉耶！她正打算出聲叱責一輝時——

「喂，學長，你也跟我們聊聊吧！」

忽然響起一陣飽含敵意的嗓音，那聲音宛如粗暴野獸的低鳴。

◆

五名眼神凶狠的少年擠開少女們，紛紛站在一輝跟前。

其中一名體格特別壯碩的少年開口威嚇一輝。

「學長，你還真受歡迎啊。但是你也太囂張了吧？這裡可是教室裡頭，你居然就直接跟女人親熱起來了。」

少年太陽穴周圍浮起青筋，從高處瞪著一輝。看來他相當不滿一輝，居然敢在他眼前獨占所有女孩子。

「什麼啊！真鍋，你該不會是嫉妒學長吧？」

「你根本是因為自己不受歡迎才鬧彆扭的吧？真差勁！」

「臭婊子，妳說什麼！竟敢對阿真說這種話！」

「啊啊，等等、等等。」

眼看壯碩少年──真鍋的小弟們出口恫嚇女孩子，一輝趕緊上前安撫他們。

即使他們完全就是來找碴的，但既然原因出在自己身上，可不能讓他們在這邊鬧事，因此一輝表情和緩地低頭道歉。

「雖說已經是放學時間，但是在教室裡吵吵鬧鬧的確實是不太好。如果讓你覺得礙眼的話，真的很不好意思。」

「哈！你裝什麼好人啊？明明是個騙子。」

「騙子？什麼意思？」

「F級怎麼可能贏得過A級，就算你騙得過那些笨女人，也騙不過我！反正一定是為了像這樣出鋒頭，才耍了什麼小手段吧！」

「唔……我才不會做那種事。而且你這麼說，對史黛菈很失禮。」

「反正你就是一口咬定自己贏過A級吧。臉皮可真厚。既然這樣，學長──如果你真的這麼強，不如現在給我們上上課吧。」

五名少年彷彿是圍住獵物的鬣狗一般，一字排開包圍住一輝。

而且除了領頭的真鍋以外，其他四人都顯現出各自的固有靈裝。

「等等，你們是來真的嗎!?在這種地方使用靈裝可是會被停學喔!?」

「吵死了，婊子！如果不想受傷就給我滾遠點！」

四人對加加美的警告充耳不聞，握住靈裝，擺出架式。

從他們猙獰的表情看得出來，他們可沒好心地維持在〈幻想型態〉。

一輝面對這樣的場面，仍然不改溫和的姿態，打算繼續安撫他們。

「我不能在這種地方跟你們打。就像日下部同學說的，在教室進行戰鬥行為違反校規。學生騎士使用能力的權限，是掌握在所屬學園手上。除了該學園明定的場所、狀況之外，是不允許學生使用能力。所以——如果你們說什麼都想打，那就換個地方吧。在訓練場的話，要我奉陪到傍晚都可以。」

如果是在訓練場的話就沒關係。這是一輝釋出的善意。

他與真鍋一行人對戰，對他來說一點益處也沒有。

他也無法從一行人身上取得什麼利益。

比起跟他們打鬧，他比較想去找妹妹。這才是一輝的真心話。

但他顧慮到學弟們已經說出想請他指點劍術，才表示願意陪他們——

「混蛋……」

真鍋的太陽穴上又增添了新的青筋。

這是當然的。畢竟一輝無意間說錯話了。

真鍋一行人才不希罕什麼劍術指導。他們只想看到這個耍詐博取女孩子人氣，卑鄙無恥的F級被他們包圍後，驚恐又淒慘地求饒。

但誰知道，他居然開口說什麼換個地方就奉陪，簡直是侮辱他們！

「你太囂張了!!不過是個留級生，大家給我上啊!!」

(咦?我說錯什麼話了嗎?)

但現在一輝後悔也來不及，已經無法阻止這些少年了。

四人揮舞著靈裝衝向一輝!

女同學們見狀紛紛發出慘叫。

四周喧鬧、混亂不已。看來是無法和平解決問題。

一輝只能重重嘆息著……事已至此，只能以武力解決了。

「學長!你這是正當防衛!我會幫你作證的，解決掉他們吧!」

加加美催促一輝反擊。如果產生什麼問題，她會幫一輝證明他沒有錯。

雖然這提議相當令人感激。不過——

「不，沒這個必要。」

她不需要擔這個心。因為根本不會發生使用靈裝的戰鬥行為。

「——————!」

剎那間，一輝將自己的意識集中在眼球上。

首先——不需要顏色。那不是現在所需的情報，因此一輝遮蔽住眼球所見的所有色彩。

一輝將眼前所見的世界鏽上灰暗，將識別色彩的集中力轉供動態視力使用。

緊接著，眼界中所有物體的動作漸漸變得遲鈍。

這並不是什麼特別的能力。

單純是經由高度集中（Concentration），加速意識與識別能力。普通人也辦得到。

這種力量本來是遭遇生命危險時，在極限狀態下才能發揮出來，一輝卻能夠自由操控……不過連這種事都辦不到的話，就不可能做到一分鐘內使盡全力，這種集中到極限的行為，要說當然也是理所當然——

一輝彷彿是沉在水底，觀察這片昏沉灰暗的視野，分析現狀。

敵人就在前後左右四個方向。

（最快的是正面攻來的日本刀嗎？）

既然如此——一輝擺出空手道中的右手架式向前伸出，並以手背扶靠著即將揮下的刀刃部分，宛如拂開暖簾般輕鬆使刀刃轉橫，偏離原本的軌道。

「咦——」

揮舞著日本刀的少年面露驚惶。

但偏離的斬擊已經回復不了，刀刃直接揮過一輝身旁。

兩人像是擦身而過似的，一輝往少年的腳尖輕輕一勾——

「嗚哇哇哇哇！」

正面的少年被絆倒軸心腳，直接倒向一輝身後。在一輝後方的少年正打算揮下長劍型靈裝，便被倒下的少年牽累，一起誇張地摔進桌椅間。

首先解決兩個人。

「這混帳啊啊啊啊啊啊啊!!」

「去死吧啊啊啊啊啊啊啊——!!」

接著是左右同時襲來的鐵棍與斧頭。

兩人都是對準一輝的頭部。那麼回擊也相當簡單。

「嘿。」

一輝蹲下，頭部也跟著向下拉。

霎時，鋼鐵與鋼鐵便在一輝頭上互擊，發出響亮的敲擊聲。

並且因雙方都是全力揮出攻擊，兩者相撞之下，

「「啊啊啊啊啊啊啊啊!!」」

左右兩人感受到手臂傳來有如遭到電擊般的麻痺感，淒厲地慘叫出聲，痛苦倒地。

還剩一人——

「可、可惡!!」

真鍋剛才那副囂張至極的表情已經消失無蹤。

真鍋見到同伴全都倒地，臉上浮現顯而易見的狼狽，他慌慌張張地顯現出自己的靈裝。

那是一把大口徑的左輪手槍。以東洋人來說是相當罕見的靈裝。

他將槍口對準一輝，扣下扳機。

魔彈下一秒便會擊出，但一輝早已做出對策。

一輝身旁的桌上有一枚持有者不明的橡皮擦，他拿起橡皮擦，用大拇指彈出。

橡皮擦擊中天花板後反彈——

——便卡在擊錘與子彈雷管之間，封殺住手槍的功能。

「～～～～～!?!?」

真鍋發出無聲的悲鳴，瞠目結舌，彷彿在大白天見鬼似的。

真鍋被出乎意料的手段封鎖了射擊。一輝見機不可失，迅速踏進真鍋毫無防備的懷中。

他在真鍋眼前雙手擊掌，發出「啪！」的一聲。

這是一種騙術——以巨響嚇唬對手，使其膽怯，沒有任何攻擊力。

「咿、啊……」

但這就夠了。

一輝光是在真鍋面前擊掌，他便嚇得渾身無力，癱坐在地上，只能以微微顫抖的雙眼仰望一輝。

他的眼神中充滿著怯懦。也不能怪他，誰知道眼前這位F級……他甚至連自己的靈裝都沒用上，赤手空拳就輕鬆撂倒五名手持靈裝的伐刀者。

他們已經戰意全失。

所以一輝不需要繼續乘勝追擊。

的確是沒有發生使用靈裝的戰鬥行為。

這根本算不上戰鬥。

而一輝面對這樣的結果──只是露出日下部所說的，那抹足以勾起母性的曖昧微笑。

「……畢竟我們還要當一整年的同班同學，不如好好相處吧。」

真鍋只能傻傻地點頭。

一輝的行為，並不只有鎮壓住真鍋一行人而已。

「「「……………」」」

一輝手無寸鐵地擊敗五名伐刀者，卻沒有讓任何一個人受傷。他這般壓倒性的強大，將周遭的同班同學吞沒，令他們一時之間無法言語。

「呃、咦？史黛菈……教室的氣氛怎麼變得有點尷尬？」

「這很正常吧。你都讓他們見識到你的實力了。」

「說是見識實力……我為了不讓他們受傷，已經放水到極點了耶……」

「大家驚訝的點是，你所謂的『放水到極點』，居然會是這種程度。」

史黛菈嘆了口氣，有點傻眼地說道。就在此時──

啪、啪、啪……

從教室門口傳來拍手聲。

一輝疑惑地看向門口——一名嬌小的少女，背對著照射於走廊的陽光，佇立在門邊。

她有著一頭銀色短髮，雙瞳帶著淡淡翡翠般的色澤。

這位美少女的周身環繞著一股如夢似幻的氣息……反而相當引人注目。

她那有如蓓蕾般的櫻桃小嘴彎起微笑——

「太精采了。如此壓倒性的強悍，凡夫俗子根本無法動您分毫呢——哥哥。」

優雅的嗓音，彷彿吟曲似地呢喃著。

她喊一輝為哥哥。

這句話，令一輝瞬間瞪大雙眼。

「難不成妳是……」

不，不需要問。這個問題毫無意義。

即使她的語氣、面容、髮型，都成熟到令人驚訝的地步——

這世界上只有一人，會這樣稱呼自己。

黑鐵家寬敞的宅邸中，只有那名少女，是一輝的安身之所。

她總是踏著小小步伐，跟在自己身後，世上獨一無二的妹妹——

「珠、雫嗎……」

「是的……許久不見了，哥哥。」

◆

「珠雫——!!」

一輝面對久違四年的親人，立刻衝上前，握住那雙小手。

「哇啊！果然是珠雫！我才是真的好久不見！總覺得妳長大好多啊，我差點以為看錯人了！」

「這是當然了。我們已經四年沒見了，如果我一點都沒變的話，那才奇怪呢。」

「哈哈哈，說得也是！我實在太高興了！沒想到珠雫會主動來見我！本來我是打算今天自己過去找妳的，沒想到在教室出了點麻煩——算了，那種事隨便啦……抱歉，實在是太突然了，我有點語無倫次。」

見到珠雫之後，想告訴她很多很多事情。

一輝想為了突然離家出走而道歉，想告訴她在那之後發生的種種。想告訴她，他能再見到她，有多麼喜悅……

但是想說的話全都爭先恐後地擠上喉頭，反而讓他無法好好表達。真糟糕。

「一輝，那女孩……就是今天早上你說過的妹妹嗎？」

「咦、嗯，沒錯！史黛菈，也順便介紹給大家認識一下……」

史黛菈提出的問題，正好幫了一輝一把。

首先得先冷靜下來。

一輝在心底默默打定主意，便打算將珠雫介紹給在場的同學。

一輝將視線轉向同學時，珠雫抓住一輝的袖子，把一輝的注意力拉了回來，並且——

「哥哥……我一直很想見您……」

她伸手撫上一輝的臉頰，粉色雙唇輕柔地吻上一輝。

「～～～～～～～～～～!!!!!!」

「「他們在幹麼————————!?!?!?!!?」」

兩人肆無忌憚地在眾人面前親吻，不禁令史黛菈及眾多同學放聲大叫。

「一、一輝！你、你你你到底在做什麼啊!?」

「我、我我我也不知道啊!?」

現在最慌亂的人，就是突然被妹妹親吻的一輝本人。

一輝急忙拉開珠雫的手，失聲喊道：

「珠雫！妳、妳剛剛做了什麼……」

「沒什麼……只是單純的接吻而已。」

「我知道！我當然知道那是接吻！所以才嚇到啊！我是問妳為什麼這麼做!?」

「這沒什麼好疑惑的。親吻是表示親愛的舉動。像是戀人那樣任意結合的關

© Won

係……不過男女之間的情感，既淺薄又脆弱。兄妹身為骨肉至親，血緣羈絆之堅固可是如鋼似鐵。就連男女之間都能親吻了，兄妹之間自然也能這麼做。不，是毫無理由不允許兄妹接吻，在國外接吻可是單純的招呼呢。」

「史黛菈，是這樣嗎？只有我覺得奇怪嗎？」

「怎麼可能啦！你不要被你妹妹的魄力唬過去了！就算是國外也不可能用嘴對嘴接吻打招呼啦！難不成你們家裡也有哥哥跟妹妹接吻嗎？」

「沒有、沒有。」

「哪可能有啊。」

「光想像那個畫面就想吐。」

「呃——珠雫，以民主方式判決的結果，是妳的想法太奇怪囉。」

「呵呵呵，哥哥，這有什麼問題呢？我們是我們，別人是別人……這個時代實在是太過冷漠了。各位與兄弟姊妹之間的互動一定是有如凍土一般，冷淡到極點了。不過我和哥哥可不一樣。對現在的我們來說，只有接吻是不足以一解四年份的思念之情，那怕是做愛，也只能算是一種招呼罷了。」

「「「哪有那種事!!」」」

學期開始的第一天，一年一班全體已經上下同心了。

「是說珠雫，妳剛剛都說了些什麼啊！女孩子家怎、怎麼可以輕易地說出做、做愛之類的字眼……」

「呵呵，這當然是開玩笑的。看您臉紅成這個樣子，哥哥真是可愛。」

一輝見到珠雫那副妖豔的笑容，他簡直是汗如雨下。

這、這傢伙是誰？

一輝記憶中的珠雫，是個極度怕生、容易害羞的孩子。

她到底是走錯了哪一步，才會變成現在這個樣子？

「——來吧，哥哥。別管那些細枝末節的小事，請再多觸碰珠雫一點。也請讓珠雫更加親近哥哥吧。」

珠雫纖細的手臂宛如白蛇一般，再次爬上一輝的頸部。

那雙翠玉眼瞳打從出現在教室之後，就只映著一輝一人。

「……您知道這四年裡，珠雫有多麼想念哥哥嗎……」

「唔……呃……」

眼看那雙溼潤的粉色柔唇緩緩地接近，即將再次奪走一輝的雙唇。

不可以。不能繼續下去。

這不是兄妹該有的關係。一輝比誰都清楚，卻無法動彈。

那抹翠綠注視著一輝，將他關進那虹彩之中，再也無法逃脫。

兩人雙唇即將重疊——

「不行——!!」

史黛菈在千鈞一髮之際，把一輝拉走。

「一輝！連你都打算誤入歧途嗎？振作一點啊！」

「抱、抱歉！不過妳幫了大忙了！謝謝妳，史黛菈！」

「您這是什麼意思？」

珠雫此時才第一次讓一輝以外的人進入眼底。

她彷彿是現在才發現史黛菈這個人。

「我才想問妳是什麼意思！妳到底對一輝做了什麼啊？」

「做什麼……您是指接吻嗎？」

「沒、沒錯！除此之外還有別的嗎？」

「我還以為您想說什麼呢……」

珠雫聽見史黛菈這麼說，輕輕嘆了口氣：

「我想跟我的哥哥做些什麼，是我的自由吧？」

「一輝！你妹好奇怪！這哪裡是『普通的親兄妹』啊！」

「我、我也不知道是該驚訝，還是該驚恐……」

「您從剛剛開始就一直妨礙我跟哥哥呢……您就是傳說中的史黛菈公主嗎？如此高貴的殿下何必干涉我們這對平民兄妹之間的交流呢？」

「這世界哪有兄妹交流，會像妳這樣赤裸裸又淫淋淋的!?」

「方才我也解釋過了，別人是別人，我們是我們。」

「這種行為已經超脫所謂的家庭差別啦！妳有點常識好不好!?」

「……您真是囉嗦……我明白了。我就讓步一下，假設兄妹之間親吻很奇怪，是我沒有常識好了——那又與您何干呢？」

「唔……」

「這是我跟哥哥之間的問題。毫無關係的鄉下公主請閉上嘴。」

「……」

珠雫眼睛半閉地說道。史黛菈不免有些動搖。

正如珠雫所說，史黛菈的確是毫無關係的外人。

時隔四年後，就算妹妹的腦中實在是少了幾根筋，也應該由哥哥一輝負責把它接回去。

根本輪不到自己這個局外人插嘴。但是——

「哥哥，繼續待在這裡只會被打擾而已，我們另外找個安靜點的地方，取回我們失去的四年吧。」

這個女人才不是什麼妹妹。她已經對一輝釋出親情以上的愛意。史黛菈絕對不能眼睜睜看著她跟一輝單獨在一起。

因此——史黛菈下定決心。

「……我們才不是沒有關係。」

羞恥染紅了史黛菈的臉龐，她緩緩說道：

「就是因為有關係，我才不想看到一輝跟妳接吻嘛……！」

「咦？」

一輝聽見這句話，吃了一驚。

因為剛剛史黛菈說了，她不想看到自己跟其他女人接吻。

（這……該不會是……史黛菈對我──）

「因為──一輝是我的主人啊!!!!如果主人是個妹控、變態、社會適應不良人士，我會很困擾啦!!!!」

「居然是因為這個嗎──────！」

「來啦!!超級大緋聞──────!!要趕快把創刊號的標題換掉！就改成『在我的掌中全・力・掙・扎　與鬼畜室友共處一室的皇女殿下！密室密集採訪72小時！』吧！」

「呃，黑鐵學長看起來明明是乖乖牌，實際上卻很那個嗎？」

「嗚哇……這就是隱性肉食男？」

「不過居然把皇女殿下當女僕……這玩法等級真高。地位墮落系？（註5）」

註5　原文為転落プレイ，是指地位高貴的人一夜之間成了階下囚或是奴僕。

（……糟、糟了。因為史黛菈的這句話，整個情勢轉向不得了的方向了！）

「等、等一下，史黛菈！在大家的面前，妳到底在說什麼啊!?」

「這、這是事實啊!?我們在那場決鬥中賭上自己的一切，而結果是我敗給一輝。也就是說，即使我千百個不願意，我的身心都屬於一輝了！我與一輝已經是生命共同體了，絕對不是一點關係都沒有！而且我身為侍從，必須將主人導向正道！」

「所以我不是說了，就當作沒這個賭注啊！」

「不行！身為皇族的尊嚴不允許我這麼做！而且……一輝已經以主人的身分，對身為皇女的我下過命令了！你不是說了…『妳必須跟我睡在同一個地方。』」

「這麼帥氣的傢伙才不是我咧！我的語氣並沒有這麼浪蕩吧!?」

「但是意思差不多啊！」

話是這麼說沒錯……一輝嘟噥著。

「——這是真的嗎？」

此時響起宛如冰柱般凜冽的聲音，深深刺進一輝耳中。

「…………」

一輝感受到冰冷刺骨的寒氣，彷彿一道冰水竄進血管之中。

珠雫的語氣不同於方才那樣嬌聲嬌氣，反而冷若寒霜。一輝回過頭去——

「她說的是真的嗎？」

珠雫正用恰似能面的恐怖表情注視著一輝。

（好可怕……）

「哥哥，我正在問您呢。那是真的嗎？」

她重複地提問。

一輝很想否定。他很清楚，如果他不否定，會發生很可怕的事。

但是……很可惜的，事實完完全全如同史黛菈所說——

「呃……雖然在語氣上有很多地方是加油添醋，不過大致上的確是那樣……沒錯。」

老實如一輝，只能這麼回答。

而按照常理來說……老實人都活不久。

「哼嗯……是真的啊…………………呵、呵呵、嘻嘻嘻。」

「珠雫……？」

「大騙子。」

珠雫彎起眉眼，噗哧一笑。而那笑容，

「————!?」

令一輝心中升起一股恐懼，宛如冰冷的舌頭爬過脊髓一般。

「為什麼哥哥要說這種謊呢？哥哥才不會做這種事。因為哥哥才不會讓珠雫傷心，哥哥才不會說這種話傷害珠雫。那樣一點也不像哥哥。」「那、那個，珠雫……同學？」「啊……原來如此，我懂了。您一定是有把柄在這個女人手裡，才不得不配合她。您是不希望讓我擔心，才不願意說出真話。嗯，一定是這樣，除此之外不會有其他理由。理論上來說絕對不可能有其他原因。」「不、妳聽我說……」「哥哥，您實在太可憐了，怎麼會有這麼過分的女人？所以我才反對哥哥離家出走。因為哥哥實在太帥氣了，而且非常有魅力，所以才會吸引這種女人，營養全跑到胸部裡，既愚蠢又淫亂。」「等等，珠雫，我拜託妳冷靜一點，我們兩個人私下談談……」「哥哥沒有錯，我並不是在責備哥哥。哥哥只是太迷人了，太過迷人了。全都是這個女人的錯。全都是這個女人的錯。全都是這個女人的錯。珠雫現在就讓哥哥重獲自由。水沫飛散——〈宵時雨〉。」

「等、等等，珠雫!?這樣不好啦！不可以！妳快點把武器收起來，聽我說啦！我根本沒有什麼把柄——妳有在聽我說話嗎!?」

一輝一見到珠雫顯現出小太刀外型的固有靈裝——〈宵時雨〉，臉色發青，忍不住激動地大喊。

「哥哥真是的，我當然有在聽。哥哥的每一言、每一語，珠雫都不可能漏聽的。這是比地球逆轉更加不可能。啊哈哈哈哈……哥哥真傻呢。別擔心，我不會輸的。

我是次席新生，等級也是B級，能力確實是比史黛菈同學稍微低劣一些。不過我的屬性是『水』，而『水』正是『火』的天敵。但是我還是要謝謝哥哥這麼關心我，我最喜歡您了，哥哥。」

「妳擺明就是沒在聽！而且我們從剛剛開始根本是雞同鴨講!?」

「前來侍奉吾身，〈妃龍罪劍〉！」

「——為什麼連史黛菈都一副戰意高昂的樣子!?」

「很抱歉，我跟一輝不同。我對已經亮出靈裝的對手，可不會手下留情。如果她這麼想打一場，我絕對奉陪。」

史黛菈與珠雫，兩人已經無視於眼前的一輝。

赤紅(Ruby)與翠綠(Emerald)之中，只映著敵人的模樣。

一輝的呼喊已經無法阻止兩人，她們也不打算停下。

她們的內心不斷吶喊著：「一定要讓眼前的女人伏首稱臣。」

「好了、好了，大家快撤退到走廊上。繼續待在這邊可能會死掉喔～」

一輝身後的加加美已經開始引導同學避難。

不愧是記者，果然適應的相當迅速。

於是空無一人的教室之中，兩名少女互相瞪視。

「妳的靈裝可真是樸素呢……就跟妳的胸部一樣。」

「彼此彼此。您不只是胸部，就連武器也相當粗俗，兩邊都只是單純比較大而已。哎呀，真的是非常適合您。」

「心胸狹小的人果真滿是偏見，不過我原諒妳。畢竟我不論是內心還是胸部，都相當寬大呢。」

「……肥豬。」

噗嘰一聲。一輝彷彿聽見史黛菈那方響起了不太妙的音效。

（唉唉，完了。這下完蛋了。）

一輝眼見慘劇一發不可收拾，只能縮著肩膀走出教室。當他踏出門口的那一刻——

「「殺了妳!!!!」」

一年一班的教室，就這麼被兩名伐刀者破壞殆盡。

◆

兩人將一年一班的教室徹底全毀，理所當然地引起軒然大波。

經過教師們協議後，兩名當事人都被判處在房間內關禁閉反省一週。

也就是停學。

誰也沒想到，身負眾望的首席新生（Number one）與次席新生（Number two），居然會在開學第一天就遭到停學。

如此不名譽的狀況，也藉由加加美的壁報創刊號，在全校師生間廣為流傳。

不過對一輝來說，這樣反而讓「在我的掌中全‧力‧掙‧扎　與鬼畜室友共處一室的皇女殿下！密室密集採訪72小時！」束之高閣，他也不免鬆了口氣……

「……那女孩以前不是這個樣子啊……」

一輝實在是大受打擊。

當天晚上，一輝回房後依然唉聲嘆氣。

以前的珠雫，真的是個怕生、容易害羞的女孩子。

她總是踩著小小的步伐，一步一步跟在一輝身後。一旦她害起羞來，馬上就躲得不見蹤影，是個不起眼又乖巧的孩子。

到底是發生什麼事，才會讓她變成那種……像是成天誘惑男人的壞女人。

「但是一輝看起來很高興嘛。」

在房內反省的史黛菈正待在一旁，隔空飛來的發言帶著些許不悅。

「其實你也有那個意思不是嗎？」

「才沒這回事。」

「明明就有……如果那時候我沒阻止你的話，你們就要接吻第二次了。」

「唔……」

的確，假如當時史黛菈沒有上前阻擾，一輝就會再次被強吻。

「但、但是那並不是我想接吻，所以我才沒反應啦。該怎麼說……我沒想到珠雫變得那麼成熟，那麼有女人味，不小心被她給壓制住了……」

「換句話說，你是因為四年不見的妹妹實在是過於動人，不小心看呆了是吧。」

「不是，我就說沒那回事——」

至少對一輝來說，珠雫是妹妹。

一輝對她絕對沒有親情以上的情感，也不打算有。

這是絕對的。

但是，當一輝再次見到久違四年的珠雫——她是這麼的成熟，那雙眼瞳彷彿因炙熱而溼潤、雙頰染著淡淡粉色、寂寞難耐而向一輝索求的雙脣。要是有人質問一輝：是否將這樣的珠雫當成女人看待？一輝可能沒辦法盡全力否認——

「……或許有這回事。」

「妹控。」

「嗚呃……」

「變態。」

「唔嗚……太丟臉了。」

（太糟糕了。難不成我是飢渴過度嗎？就算是四年不見，也不能看親妹妹看到出神啊……）

「……你要去哪裡？」

「我去沖個澡冷靜一下……」

總覺得今天遭受太多精神衝擊了。

乾脆早點洗澡睡覺算了……

◆

「可惡……」

一輝走向房裡的浴室後，史黛菈頂著一張臭臉喃喃自語。

什麼叫作「或許有這回事」？這時候應該要拚命否認吧。

「……你明明說過我很漂亮的……」

而且更扯的是，拉走一輝目光的居然是他妹妹。

太可惡了。令人不爽。

他明明說了「想跟史黛菈同學相處融洽」，但是從兩個人同住在一個屋簷下開始，就沒見一輝有什麼拉近距離的行動。

史黛菈可是做好萬全準備。

每天早上，她一定會比一輝還要早起整理儀容，絕對不讓一輝看到自己亂糟糟的一面；而晚上，則是為了讓一輝隨時都能進行日本傳統的「夜襲」，史黛菈總是嚴陣以待。

（不過我可不是希望他真的夜襲喔!?真的遇到的話，我可是會拒絕的！我會狠狠踢他下床！哎喲！堂堂一國公主怎麼能有婚前性行為！但是……）

一輝居然對她不聞不問到這種地步，史黛菈實在是忍無可忍。

「你明明就稱讚未婚女子美麗的！不是還說想跟我相處融洽嗎!?」

他說了一大堆曖昧的臺詞，卻將人晾在一旁，到底是什麼心態？

這就是所謂的「上鉤的魚不餵誘餌」嗎？（註6）

她終於忍到極限了，一定要一輝給個交代。

結果今天一輝竟然被妹妹吻了，還說：「自己或許是看呆了。」

「啊啊！討厭！笨蛋！一輝大笨蛋！重度妹控！去死吧!!」

史黛菈一面破口大罵，一面拿枕頭出氣，漸漸的，她不安到有點鼻酸。

說不定一輝對身為異性的自己，根本一點興趣也沒有。

搞不好自己並不是一輝喜歡的類型？

舉例來說，一輝可能比較喜歡蘿莉類型的女孩？像是珠雫那樣。

萬一真的是這樣就完蛋了。

雖然自己身高不高，但是體型相當豐滿。

註6　「上鉤的魚不餵誘餌」：意指男人對已到手的女人不用太過關心。

至今自己都以豐滿的身材為傲，但是萬一一輝妹控程度過重，導致他轉職成蘿莉控戰士，自己的外貌可能就完全不符合一輝的喜好。

不行！不可以！一輝絕對不能變成那樣！

「————好！」

史黛菈做了一個覺悟。

◆

『妹控！』

「唉唉…………………」

一輝癱在浴缸裡，一想起史黛菈的話，心情也跟著沉進水底。

「這下真的被討厭啦……」

『變態！』

「嗚呃呃呃…………」

不可能有男人被年輕女孩罵變態，還不會覺得沮喪吧？

說老實話，一輝真的很難過。

尤其對方還是史黛菈，他又更加難過了。

一輝相當尊敬身為騎士的史黛菈・法米利昂。

她即使身負優秀的才能，卻不會沉醉於其中，總是追求更上一層樓。如果自己也擁有跟她同等的才能，或許不會像她這樣努力。

……同時，她也是相當有魅力的女孩。

所以一輝才會這麼沮喪。

不論是身為一名騎士，還是一名女性，一輝都對史黛菈抱持著憧憬。但他卻被她當成噁心的傢伙。

一輝要趕快抹去這道壞印象才行。

「……明天一定要跟珠雫好好談談今天的事情……」

雖然扳回在史黛菈心中的印象分數很重要，但是珠雫的事也很重要。她已經不是小孩子了，不能再對哥哥做這種事。

一輝身為兄長，必須要好好念念她才行。

珠雫明明長得如此令人憐愛，如果跟親哥哥有這種關係的話，會錯過許多美好際遇，這對珠雫來說絕對不是好事。

正當一輝默默下定決心時——

「我、我進來囉。」

史黛菈穿著比基尼泳裝，毫無忌憚地走進狹小的浴室裡。

「………………………？」

怎麼回事？

好像有什麼……非常不對勁的錯覺。

舉個例子來說……對了，就像是在湖裡看見鯨魚一樣，感覺非常莫名其妙。

喔，原來如此。不對勁的原因就是史黛菈身上的泳衣。

這裡可是浴室，怎麼能穿著泳裝進浴室呢？太沒規矩了。

要勸勸她才行。不管再怎麼害羞，包條毛巾是最低限度的——

「……——不對不對不對不對不對!!!!不對勁的才不是那裡啦!!不對，雖然那裡也很奇怪！但是最不對勁的是，為什麼史黛菈要進來浴室啊!?我完全搞不清楚狀況啦——!?」

一輝見到這突如其來又亂七八糟的場面，差點在浴缸裡摔個四腳朝天。

「什、什麼嘛！你不需要這麼吃驚吧？」

「當然會吃驚啊！怎麼可能不吃驚!?是說到底怎麼回事!?為什麼史黛菈要穿著泳裝進來浴室!?我還在裡面啊!?」

「你、你還不懂嗎？」

「我完全是丈二金剛，摸不著頭緒啊！」

「那個……我、我只是想幫一輝清洗身體而已……」

腦中一陣暈眩。

頭昏眼花。

他什麼時候泡澡泡昏頭了？

是他腦袋過熱，才會聽見奇怪的幻聽。

（史黛菈想幫我清洗身體？哈哈哈，不可能，這又不是色情遊戲。）

「抱歉，史黛菈。我似乎是洗澡洗過頭了，耳朵出了問題，才會錯聽成不得了的內容。可以麻煩妳再說一次嗎？」

「我說……就是、我是一輝的僕人，理所當然應該為主人刷刷背……這也是義務嘛。嗯。」

「喔，原來如此……女僕真辛苦啊。」

…………啥!?

「不、等一下！我可沒拜託妳這種事啊!!」

「一流的女僕不應該等到主人請託，要主動才行。你、你想想看嘛！在日本也有像秀吉這樣的人啊。他也是不等信長命令，就主動幫他暖鞋！也就是說，就是這麼回事啦！」

「這麼回事是怎麼一回事啦!?」

「總之！這是我身為僕人該盡的義務！快點在這邊坐下!!」

「我怎麼可能照做!?我不可能讓史黛菈做這種事啦！這絕對比我們互稱主僕還要奇怪啦！珠雫也好，史黛菈也罷，最近的女孩子都沒什麼貞操觀念嗎!?」

「我說要幫你洗就是要幫你洗！快點乖乖坐下啦！不然——」

史黛菈說到一半，秀髮突然開始磷光四散——

「我就煮了你！」

她用行動告訴一輝，自己是認真的。

◆

刷刷、刷刷。

史黛菈，堂堂法米利昂皇國的公主，居然穿著泳裝跪在自己身前，幫自己刷洗身體，而自己則是腰間只裹著一條毛巾。

這、這什麼情況……

一輝感覺快瘋了。

他甚至覺得搞不好自己老早就瘋了。

不，他希望是這樣。

「妳要遵守剛才的約定喔。只有今天而已，明天絕對不能再有這種惡作劇。」

「我、我知道啦……我、我先說好，我可不是喜歡做才做的。我是因為輸給你，成了你的僕人，逼不得已才這麼做。」

（那別做就好啦……）

不過說了也沒用，一輝已經重申很多次了。

但是史黛菈卻胡扯一堆，非常堅持幫主人清潔是僕人的本分。既然自己親口答應成為僕人，至少也要真的做過一次才肯罷休。

一輝根本完全無法理解她的想法，但是他卻沒辦法強硬地阻止她，畢竟是自己先刺激她身為皇族的自尊心。

（反正只有今天而已，撐過今天之後就趕快忘掉這回事……！）

一輝在被史黛菈刷洗身體的同時，不斷地催眠自己。

但是——

「……唔……」

眼前穿著泳裝的史黛菈實在太過吸引人了。

一輝的理智不斷警告他：「不能看！」，但是情感卻無法控制。

他一面裝作視而不見，卻又從理智的縫隙中偷窺著史黛菈的玉體。

她現在身穿的泳裝，遠比初次見面時的內衣還要暴露。纖瘦頸子與鎖骨之間的細長陰影，緊實的腰間，有著甜美輪廓的翹臀，白皙的雙足，甚至是柔軟富有彈性的腳趾。這位室友平時隱藏在衣物下，那富含魅力的身體線條，如今全都一覽無遺。

而在這之中最有殺傷力的……是她的胸部。

那對潔白碩大的乳房，彷彿即將從比基尼蹦出來。

豐滿酥胸有如枝頭上果實累累的白桃，原本就算是制服也無法掩飾它的存在，現在更是隨著史黛菈的身體動作左右搖晃。

它每一次晃動，都令一輝口乾舌燥，體內的血液奔騰澎湃，直衝腦門。

（這……怎麼可能忍得住……）

不論是移開視線，還是閉上雙眼，一輝一項都做不到。

一輝雖然是個認真無比的少年，也比普通男人還來得禁慾許多，但他終究是個十六歲的健全少年。

他沒有這麼成熟，一位只小他一歲，年輕貌美的女孩子在他面前暴露身體，是要他怎麼無視？

因此他趁著史黛菈不注意，悄悄地窺視著。

窺視她那豔麗軀體的每一處、每一角。

（……史黛菈，真的很美啊……）

史黛菈的身體除了女性特有的魅力以外，同時蘊含著身為騎士的力與美。

那副胴體蘊藏的肌肉有如羚羊一般，強韌且彈力十足，卻又絲毫無損女性體態的美麗。

一輝的眼睛看得出其中奧祕。

同時他也理解，史黛菈為了獲得這副肉體，有多麼苛求自己。

她擁有如此天賦異稟的才能，她的意志卻猶如烈焰般強悍，不願屈就於才能之中。

這副軀體正是史黛菈以靈魂雕刻的雕像。

（真的……太美了……）

一輝有生以來第一次感受到女性的身體是如此美麗。

而他也是有生以來第一次……想要觸碰那副肉體。

當然他也相當清楚，這種想法是不被允許的——

……順帶一提，史黛菈那邊則是——

（……從剛剛開始，就一直被一輝緊緊盯著看呢……）

實際上，史黛菈早就感受到一輝的視線。

女孩子對於異性的視線，可是比男人想像中還要敏銳。

這可以說是女性特有的第六感。

這項男人不具有的器官，感受到一輝熱烈的視線，大聲警告著史黛菈：「妳現在正被人看個精光！」

「……嗯、唔………」

史黛菈一察覺到那道炙熱的視線，自己的身體也彷彿是發燒一般，跟著滾燙了起來。

視線緩緩爬過她的頸部，鎖骨，乳房，肚臍，大腿——

宛如被他輕柔撫弄著全身，一股甜蜜的疼痛油然而生。

（好害羞……感覺快要暈倒了……）

但是史黛菈卻不出聲阻止一輝。

不如說……她反而感到安心。

這證明了一輝並不覺得自己的身體很噁心。

至少對一輝來說，自己的身體還是有一定的吸引力……應該是這樣。

就像是自己看到一輝的身體會小鹿亂撞，一輝也對史黛菈的身體感到興奮不已。

這對史黛菈來說，是無與倫比的欣喜。

自己還沒輸。自己並沒有輸給那個妹妹。

「接下來……換洗背囉……」

史黛菈清洗完一輝上半身的正面，便繞到一輝後方。

就算是她，也不敢去碰他的下半身。

因為……太早了。嗯，還太早了。

「啊、嗯，那個，有勞了……」

一輝也刻意不提醒史黛菈，就讓她無視下半身。

倒不如說，一輝已經做好覺悟，如果史黛菈開口要他拉開毛巾的話，他就要破牆逃走了。

（只剩下背部了……洗完就快結束了……）

一旦看不到史黛菈的身體，一輝也輕鬆許多。

比起一輝被史黛菈搔弄胸膛及腹肌那時，摩擦背部的力道只是有些搔癢罷了。

還忍得住。馬上就能平安脫離這場謎一般的試煉。

一旦脫離就要把這些事全部忘掉。

今天發生的所有事情，絕對要閉口不談，絕不能回想起來。全部拋到記憶的彼端。

正當一輝下定決心之時——

「……那個，一輝。」

一輝身後的史黛菈開口提問，她的聲音有如蚊子鳴叫一般微弱。

「什麼事？」

「那、那個啊，呃、就是，我有個問題想問你……」

「嗯，可以啊。什麼問題？」

「一輝喜歡、那個…………喜歡女孩子的、胸部嗎？」

那瞬間，一輝感覺後腦杓彷彿被鐵鎚猛敲似的。

「唔、呃、妳、妳為為為為什麼突然……」

「因為……你從剛剛就、一直盯著看……不是嗎？」

（嗚哇哇哇啊啊啊啊啊啊啊啊啊啊!!!）

被發現了！

被她發現自己在偷窺了！

好想死，好想消失，我現在就想化為千風。

「對、對不起！那個，我也知道不能看！該怎麼說……」

「不、不用道歉啦。與其道歉，不如好好回答我剛才的問題啦。」

剛才的問題？

——你喜歡女孩子的胸部嗎？

與其要一輝回答這種問題，他寧願下跪道歉。

居然要在女孩子面前自曝性癖，這是哪門子的懲罰遊戲。

太殘酷了。這實在是太殘酷了。

莫非自己是做了什麼會被天打雷劈的事嗎？

即使一輝煩惱、哀號，他還是毫無退路，他只好投降認輸。

「……我很、喜歡。」

他死命擠出聲音自白。接著——

「…………哼嗯——」

…………

…………

……………………………………………………………………說、說話啊!?

「那、那個，史黛菈——」

一輝眼見快被沉默吞沒，正打算開口，就在那一刻——

軟綿綿的。

比海綿還要有張力，遠比手掌還要柔軟的**某種東西**，貼上一輝的背部。

「～～～～～～～!?!?!?」

一陣麻痺感從背脊衝上腦髓，炸開了一輝的意識。

發生什麼事？一切就發生在背後、死角，就算一輝的眼力再怎麼優秀，看不到的地方就是看不到。

但是他卻準確地理解這陣觸感是什麼，又是怎麼產生的。

「史、史黛菈……那究竟……」

「～～～～～～！」

正當一輝打算詢問史黛菈到底在想什麼，下一秒，她已經逃出浴室，速度之快，猶如脫兔。

她離去時的側臉，面紅耳赤。

「到、到底是想怎樣啦～～～～～～～～～～～～～～～!?!?」

不論是珠雫還是史黛菈，她們跟一輝明明只差在性別，為什麼會這麼難懂？

今天發生的所有事情，一輝根本一點也搞不懂。

但他只有一件事能肯定——剛才那陣觸感會讓自己久久無法忘懷。

破軍學園壁報

角色介紹精選　　文編・日下部加加美

IKKI KUROGANE

黑鐵一輝

■PROFILE

班級：破軍學園一年一班

伐刀者等級：F

伐刀絕技：一刀修羅

稱號：落第騎士

人物簡介：劍術實力極端優異

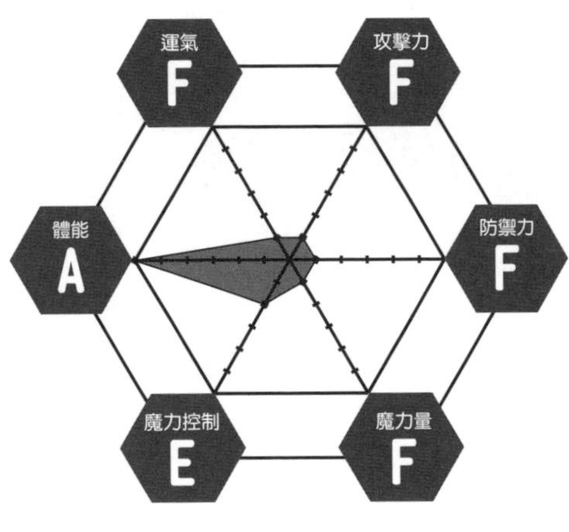

加加美鑑定！

「第一眼看到這資料表，會覺得這傢伙如何？」「……非常突出呢。」他的資料可說是相當極端，一不小心就會跳出這樣的內心小劇場！他的體能彷彿計量表的指針似的。但是〈一刀修羅〉能將他的體能更加提升。他使用〈一刀修羅〉的瞬間絕對不能錯過喔！另外，他的臉長得挺可愛的，也大大加分呢！

黑鐵珠雫有個深愛的男人。

他們從小就一起生活。他是在嚴肅的大人們中，唯一會溫柔地對她微笑，大她一歲的男孩。他叫做黑鐵一輝，是珠雫的親生哥哥。

正因為愛著他，才會在久違四年的重逢時，突然吻上對方。

但是，但是呢——

珠雫並不是一開始就把一輝當成異性看待。

直到四年前為止，珠雫都還是以妹妹的身分在仰慕哥哥。

產生變化的契機，是一輝的離去。

她因此察覺自己的心情——但事實並沒有這麼羅曼蒂克。

四年前，一輝消失那時。

明明是親生兒子失蹤，但是不論雙親、大哥，還有家族中的所有人，沒有任何一個人打算尋找他。珠雫直到此時，才第一次瞭解到一輝在家族中的地位。

他在失蹤之前，就已經被視為不存在之人。

直到事實擺在眼前，珠雫才深感自己的無知與無恥。

還有一直對她溫柔微笑的哥哥，私底下究竟懷有多大的傷痛。

為什麼自己都沒有發現。

為什麼不在哥哥這樣消失之前發現。

自己明明一直都跟他在一起——！

無法抹去的後悔譴責著珠雫的心靈，最後轉變為對家族的怒火。

因為哥哥沒有才能，就藐視溫柔的他，甚至在他離家、跟黑鐵斷絕關係之後，還用「黑鐵家生出F級（廢物）是莫大的恥辱」這種亂七八糟的理由，去介入、妨礙他的未來。她對這樣的家族，深深感到憎恨。

所以——黑鐵珠雫下定決心。

她才不管什麼鬼禁忌。

父親、母親、甚至是這個世界都不愛哥哥的話，那也沒關係。

我已經不會對你們抱持任何期待。

父親的愛、母親的愛、大哥的愛、妹妹的愛、朋友的愛、情人的愛——就由自己一個人，給予哥哥這世界上所有的愛情。

珠雫要讓全世界再也沒有人比哥哥得到更多的愛。

——但是正因為如此，她眼前遇到了非常令人不悅的問題。

不用說，她指的正是那個自稱哥哥僕人的女人——史黛菈・法米利昂。史黛菈肯定是以一個異性的身分，對一輝產生興趣。

她們同為女人，愛著相同男人，自然一目了然。

那女人用約定當藉口綁住哥哥，並且加以誘惑他。

她實在太礙眼了。而且對方似乎也發現了自己那份超越血緣的愛，死咬著珠雫不放。

今天也是。珠雫好不容易熬過一週的停學，昨天特地用這個當藉口，邀請哥哥一起去看電影，她卻從旁跳出來說自己也要去。

珠雫真的非常地看她不順眼。

哥哥也是，竟然會被「我還不太熟悉這個國家，想請你導覽一下」這種假正經的理由騙了，還同意讓她跟去，再也沒有比這更骯髒的了。當然，骯髒的不是哥哥，而是那個女人。黑鐵珠雫的哥哥可是世界上最棒的男人。

因此才更加無法饒恕史黛菈，竟然纏著他不放。

「……那隻母豬。」

「哎呀、哎呀，妳今天也同樣激動呢。」

她的室友・有栖院凪剛幫珠雫洗好頭髮，一邊用吹風機吹乾她的秀髮，一邊梳理整齊。當有栖院聽見珠雫吐出惡毒的字眼，不免面露苦笑。

「又跟那位皇女發生什麼事了嗎？」

「……嗯。」

珠雫任由有栖院幫她梳頭，不滿地回應。

她對哥哥本來就很尊敬，包括史黛菈在內，珠雫平時都是用敬語跟別人說話，只有對有栖院沒有任何隔閡。

臉上也不同於一如既往的平靜，而是鼓起臉表示不滿。

有栖院越過鏡子，看見那副孩子氣的表情，不禁笑了笑。

「呵呵，戀愛中的少女真是辛苦呢。」

有栖院早就知道珠雫深愛著哥哥。

而且是珠雫親口告知有栖院的。

……就連珠雫都覺得很不可思議。

珠雫很討厭他人，但是跟對方的性別無關。無論男女，珠雫一概不喜歡人類這種生物。她原本怕生的個性，在一輝離家出走後，惡化成完全不信任人類。

竟然有不愛自身孩子的雙親存在，這樣的世界還有什麼可以信賴的？

但是在室友有栖院面前，卻能連深愛哥哥這種極度私密的內容都全盤托出，明明她們相識也不過才一星期而已。

（該怎麼說，跟艾莉絲說話真的很開心呢……）

在有栖院面前，她可以暢所欲言。有栖院也會聽她訴苦，還會把珠雫的事當成自己的事一般地開心。

而且她不希望別人過問的事情，有栖院也絕不深究。

因此，珠雫總是不小心就多說了更多事情。

「艾莉絲。」

「嗯～？」

「……妹妹愛上哥哥，真的那麼奇怪嗎？」

才剛說出口，珠雫就感到後悔。這問題問得實在太過天真了。

當然很奇怪。

根本沒有問的必要。

那她又為什麼而問？

理由只有一個。珠雫希望有栖院能看穿自己的想法，回答出不同的答案。於是——

「以普遍性的倫理問題來說，的確是很奇怪，社會大眾也無法接受吧。不過，事到如今，這種事不用人家說，珠雫自己也很清楚吧？人家覺得，即使如此珠雫還是覺得喜歡的話，那也是一份成熟的愛情。」

有栖院果然很懂她。

「……抱歉，艾莉絲，我問了很懦弱的問題。」

「哎呀，這很好啊。不經意的一句話就能讓人打起精神、安心自得，這是一件很棒的事情喔。言語不是為了讓人互相唾棄，而是為了讓人互相扶持而存在的……而且人家真心覺得，珠雫的愛是真正的愛情，絕不遜色於任何人喔。妳能如此為一個人著想，真的很棒。」

「謝謝……我也不打算讓這份感情遜色於其他人……只是，不知道哥哥願不願意接受，讓我很不安。」

「這就要靠耐心決勝負了。對方心中還是認為妳是『妹妹』，要將這個觀念打破，並且代換成『女人』，這可是很難的喔。從這角度來看，皇女不須跨越這項障礙，她是比較有利呢。」

「嗚嗚……………」

珠雫聽見有栖院冷靜的分析，忍不住沮喪起來。

老實說，珠雫並不是那麼少根筋。

她也相當清楚，親哥哥很難接受自己的感情。

不過也正因為如此，珠雫才需要少根筋，來跨越這道障礙。

不管如何，首先，她都必須積極進攻，努力讓一輝心目中的黑鐵珠雫，從妹妹轉移成女人。相隔四年的重逢會讓距離感更加曖昧朦朧，如果不能趁現在讓這點成功，自己就不可能有機會了。

但是，要是對哥哥來說，自己是一點魅力都沒有的話，再怎麼積極進攻都只能算是惡作劇。

自己會不會讓哥哥不高興。

她會不會在哪一天，失去一輝那份身為兄長的親情。

老實說，珠雫一直處於極度不安的狀態。

但是——

「妳別露出那麼沮喪的表情嘛。對方也是有『身分』這個高牆在。放心，沒有男生會討厭積極的女孩。況且……還是像珠雫這麼可愛的女孩子。」

有栖院察覺珠雫退縮的心情，立刻幫她打氣。

（真的能這麼順利嗎……）

珠雫是女生，不太懂男生的想法。

可是有栖院都這麼說了，就應該不會有錯。

再怎麼說，有栖院都比自己還要瞭解男人。

「艾莉絲，謝謝。我心情好多了。」

「不客氣♪……可是，才剛重逢就吻上去有點太過火了呢。雖然也是跨越自己內心障礙的表現，不過一開始就賭那麼大，對方反而會更加抗拒呢。」

「……老實說我也在反省這件事……」

「那就好。要融化男人的理性，必須有耐心地慢慢來……最基本就是甜美、溫柔，要像是在舌尖融化糖果一樣喔。明天的約會就交給人家吧，人家絕對會幫珠雫打扮得非常完美♡」

「對啊，我有艾莉絲在身邊，才不會輸給那個女人。」

對方濫用「絕對服從」這個約定，她也不甘示弱，善用「妹妹」的立場。她才沒有打算退讓。

誰都無法理解哥哥的孤獨，因此溫柔的哥哥只好捨棄養育自己長大的那個家。只有自己能夠理解這樣的哥哥。

才不能把哥哥交給那個女人，絕不能靠外人。人都是自私的。

只有自己絕對不會背叛哥哥，不會讓他傷心，並且永遠陪在他身邊。她可以發誓，自己永遠不會變心。正因為如此，她才會追隨哥哥來到這裡。

（絕對……不能把哥哥讓給那種女人。）

珠雫因史黛菈擅闖約會的消沉已經消失無蹤。

有栖院的話語，總是給自己很大的力量。

「我要好好加油。」

「沒錯，就是這樣……來，梳好囉。」

有栖院幫珠雫整理好頭髮後，關掉吹風機。

珠雫輕搖了下頭，帶著銀光的髮絲輕柔地舞動。

有栖院的技術真好，跟珠雫自己弄的相比起來，簡直是天壤之別。

自從知道這點之後，珠雫就不想自己整理頭髮，總是拜託有栖院。

（總有一天，我也希望自己能為艾莉絲做點什麼………）

可是自己能為有栖院做什麼呢？

珠雫歪頭想了一下——突然靈機一動。

「對了，艾莉絲。明天要不要一起去看電影？」

「哎呀，可以嗎？不會打擾你們約會？」

「可以啊……打從那傢伙要跟的那一刻起，約會就已經泡湯了。」

「呵呵，也是呢。那我也一起去吧。珠雫總是炫耀的那位哥哥，我也很想跟他好好地聊聊呢。」

（太好了，艾莉絲似乎很開心。）

珠雫趕快送事後告知的簡訊給一輝。

對方也有帶室友，應該不會拒絕才是。

「開始期待明天了呢。要是他是個好男人的話，我要不要也來追他呢。」

「咦？抱歉我沒聽清楚，可以再說一次嗎？如果艾莉絲說得出口的話。」

「對不起我開玩笑的請收起抵在我頸動脈上的霄時雨。」

還好只是開玩笑，不然就算是有栖院也得見血呢。

◆

跟珠雫約好一起去看電影的當天早晨。

黑鐵一輝和史黛菈・法米利昂待在學校正門前，等待珠雫跟有栖院出現。

兩人不同於以往的制服，一輝身穿襯衫配上牛仔褲，裝扮相當輕鬆；史黛菈則是剪裁俐落的白色女用襯衫，外層披上的針織外套，帶著春色一般的明亮色澤。

「真慢，在搞什麼啊。」

「要是他們跟我們同宿舍的話，就能一起出門了呢。」

一輝兩人住第一學生宿舍。

珠雫的房間則是在第二學生宿舍。兩間宿舍包夾著主要校舍，位於完全相反的位置，所以才會約在校門口集合。

約好的時間早就過了，珠雫卻還沒到。

「應該再等一下，他們就會來了……不過沒想到史黛菈會那麼想看電影。」

一輝找史黛菈閒聊打發時間時，珠雫正好邀他去看電影，當時史黛菈激動地大叫：「我也要去！絕對要去！不讓我去我也會跟到底！」

「……放珠雫跟一輝在那種漆黑環境中兩人獨處，實在太危險了。」

「啥？什麼東西危險？」

「我說你的危機意識實在太危險了啦！我看你就連跟獅子擦肩而過，也會渾然不覺吧！你忘了開學第一天發生什麼事了嗎？」

「啊——……」

一輝當然沒忘，想忘也忘不掉。

畢竟實際上，那可是一輝的初吻。不過——

「那件事珠雫隔天有來跟我道歉說：『因為我見到四年不見的哥哥，一時之間太過感動了。我有在檢討自己了。』——而且對珠雫來說我只是哥哥而已，她又不會把我一口吞了。畢竟是開學第一天，比較特別而已啦。放心放心。」

「……那當然是因為她怕嚇到你，才暫時拉開距離而已啊……」

「啥？妳說啥？」

「你這個妹控。」

「我、我才不是妹控！雖然我真的很重視珠雫，也很喜歡她，可是我說過很多次了，她是我妹妹。而且我們是真的有血緣關係，才不會因為四年不見，就把她當異性看待啦！」

「真的嗎？你不會再看珠雫看到呆掉？」

「當然！」

怎麼可能把妹妹當異性看。

（……而且也不能那樣吧。）

因為第一天的一時不察，這麼理所當然的事情，居然還會被史黛菈懷疑，太悲哀了。

正當一輝感嘆自己信用破產時……等待已久的人總算到了。

「讓您久等了，哥哥。」

「啊，珠雫──」

「真慢，妳在………」

回頭看向珠雫的一輝跟史黛菈，臉上的表情頓時僵住──像是被雷打到一樣。

「對不起，為了準備出門，花了一點時間。」

珠雫乖巧地低頭道歉……不知道為何，她看起來比平時還美。

而且──這差異還不是普通的大。

她今天一襲哥德蘿莉裝，足以突顯她的銀色髮絲與嬌小的身軀。

這身裝扮相當符合她洋娃娃般的氣質，更加提升她的魅力。與平時的制服簡直不能比。

可是珠雫從以前就很喜歡這樣穿，一輝也應該看慣了才是。所以正常來說，他看到珠雫這身裝扮，應該會跟四年前妹妹的身影重疊，重新意識到她是久違四年的妹妹才是。

事情卻沒有那麼簡單。

施展在珠雫身上的魔法，令人無法把她當妹妹看待。

（………好、好漂亮。）

一輝彷彿忽視她身旁所有的一切，只能看到佇立於日照下的身影。

為什麼今天她會如此吸引別人的目光？彷彿有一股魔性的吸引力。

一輝才剛誇口「不會看珠雫看呆」，卻馬上就看呆了……過了一會，一輝總算發現了這股魔力的來源。

她化了妝。一輝仔細一看，珠雫的眼瞼上了淡淡眼影，雙脣也抹上了粉色的口紅。

而且睫毛也一根不漏地夾彎，珠雫最有特色的銀髮也滑順飄逸，散發著柔和的銀色光輝，彷彿連珠雫全身都綻放著淡淡光彩。

然後這全部的設計，都將珠雫這個頂級的素材發揮出最極致的美，使稍嫌稚嫩的珠雫脫離「妹妹」、「小孩」，轉化為充滿魅力的「女性」。

「怎、怎麼這樣！太卑鄙了！那個妝擺明就是專業級的！妳是不是請服裝設計師幫妳!?」

「我又不是皇女殿下，怎麼可能做那種事？就算我是皇女，我也不會做。這是請我的室友幫我化的妝。」

「室友？」

「室友指的是今天也要一起來的那位有栖院嗎？」

一輝收到簡訊通知，所以他知道名字。

根據珠雫描述，是個類似「年長大姐姐」的人。

「嗯，應該很快就會跟上來才是……」

「真是的，珠雫跑太快了。難得化妝化得漂漂亮亮的，要是跌倒了不就太可惜了？」

正如珠雫所說，有栖院很快地出現在史黛菈跟一輝面前。就在那一瞬間——

「咦？」」

兩人的表情……再次石化了。

原因就是，這位幫珠雫畫出專業級妝容的室友，有栖院——

——怎麼看都是男人。

◆

「呵呵，初次見面。謝謝你今天邀請人家一起來。人家是珠雫的室友，有栖院凪。人家很討厭別人直呼姓名，可以的話，希望兩位能稱呼人家為艾莉絲唷♪」

這位高䠷纖細的男性，他打扮跟珠雫一樣，以素色為主的……算是視覺系裝扮。他脫下圓頂硬禮帽行了個禮，非常有紳士風範。並且露出爽朗的笑容，友善地向史黛菈跟一輝伸出手。

「啊、嗯，請多指教。」

「您多禮了……」

看到伸出來的手，兩人雖然怯生生地回握，卻很明顯地非常動搖。

（我、我說，這是怎麼回事？）

（……妳問我，我也不知道啊。）

© Won

兩人原本還以為有栖院是女性，可是眼前的人怎麼看都是個男性。

他以男生來說稍嫌纖細了點，不過還不至於誤認成女性。

他的身高也比一輝還高，保守估計有一百八以上。

（可是他的說話口氣跟行為舉止都很像女生耶。他是在搞笑嗎？我應該大笑？）

（就跟妳說我也不知道了。）

「呵呵，珠雫妳看，他們正因為我的美貌，而感到困惑呢。」

「「這思考模式也太樂觀了吧!?」」

史黛菈跟一輝異口同聲地吐槽。

「那個，艾莉絲同學？」

「不要加同學，人家討厭太拘謹的感覺。」

「……艾莉絲你……是所謂的人妖嗎？」

「才不是呢……人家可是少女呢。只是正好身體是男人而已。」

（史、史黛菈，這差別在哪啊……!?）

（不要問我！）

「果然會覺得很疑惑嗎？」

珠雫開口詢問動搖得一目了然的兩人。

兩人的動搖完全被看穿，一輝尷尬地搔搔頭。

「啊、啊哈哈。嗯，該怎麼說呢？雖然知道有這種人，不過實際遇到還是第一次，所以不知道該怎麼相處才好……抱歉。」

「呵呵，別介意，人家已經習慣了。珠雫倒是完全不覺得奇怪呢。」

「我不太在意別人的性別。」

一輝有點感動。自己第一次遇到人妖，慌張到不知所措，妹妹卻不同，她已經成熟到可以肯定地說出不介意。

（一段時間不見，珠雫真的長大了呢。）

她的精神面已經可以毫不猶豫接受各種與眾不同的價值觀。

自己也得好好向她看齊。

「對方是男是女都無所謂，只要是人類我都一視同仁地厭惡。」

撤回前言。

誰來幫我把妹妹心靈上的尖刺拔掉。

「雖然艾莉絲是不常見到的類型，不過本人都說希望能將他當成女性對待了，我也是這麼做。可以的話，哥哥跟史黛菈也請將他當成女性看待。」

「我會努力試試看……」

「呵呵，謝謝。可是別太勉強喔。人家也不喜歡大家相處起來太過尷尬呢。」

有栖院連臺階都幫兩人準備好了，看來他對於這點，的確是相當隨興。

「不管怎麼樣，人員總算到齊了，我們出發去電影院吧。」

「也是，一直站在這聊天也很無聊。」

「哥哥，離開演還有很久，我們慢慢走吧。」

當一輝看著手錶提議之後，珠雫極其自然地挽住一輝的手臂。

彷彿是兩人小時候，珠雫常做的舉動，不過——

「嗚哇！」

一輝嚇了一跳。

說實話，今天不太想跟珠雫黏在一起。

自己剛剛才下定決心，卻感覺馬上就會心生動搖。正當一輝打算要珠雫放開自己，

「呵呵，好久沒有這樣一起走了呢，哥哥。」

「唔、呃呃。嗯……對啊。」

看到珠雫滿臉微笑地沉浸在回憶中，一輝什麼也說不出口。

珠雫只把自己當哥哥仰慕，才會想要黏著自己。結果自己卻沒辦法把她當妹妹看待，未免太遜了。

不過……這才是珠雫的目的——

史黛菈當然不可能會默默隨她去，她馬上介入兩人之中。

「喂喂！妳才剛出來就做什麼啊！」

「做什麼？當然是普通兄妹的相處模式啊，我們小時候就常常這樣一起走了。對吧？哥哥。」

「那、那個……啊哈哈，對啊……」

「既、既然這樣的話我也——」

「我早就預料到史黛菈同學會這麼說，所以幫您準備好了。來，這是項圈。請史黛菈同學也好好享受僕人的相處模式。」

「哎呀，挺貼心的嘛——才怪！這是哪門子的貼心啦！」

「區區僕人，怎麼能夠走在主人身邊呢？還是說，史黛菈同學明明跟我說自己是哥哥的僕人，只要看苗頭不對就否定了？法米利昂皇室的人還真是膚淺呢。」

「唔……！」

「沒關係。如果史黛菈同學想牽哥哥的手，那就牽吧，正好哥哥有兩隻手。明明不是血親，卻想跟異性牽手，簡直是別有居心。該不會其實史黛菈同學喜歡——」

「才、才沒那回事！我是因為決鬥輸了，才會當一輝的僕人，真的只是那樣而已！」

都被這麼說了，自尊心極高的史黛菈，除了否定別無選擇。

珠雫看穿這點，利用誘導將了史黛菈一軍。

「那就沒必要牽手了吧。」

珠雫輕輕鬆鬆擊退了史黛菈。

「唔呃呃……」

「快走吧，哥哥。」

「呃，嗯……」

「……什麼叫不會再看呆啊？這個妹控，變態……」

一輝被珠雫拉著走的一路上，史黛菈在身後，宛如咒怨般的語氣，一字一句都狠狠地刺進一輝的內心。

自己帶著這兩人，真的可以平安度過今天嗎？

一輝滿懷著這種不安，開始了漫長的一天。

◆

破軍學園的附近，有間全國規模的大型購物中心。

一輝一行人的目的地，正是位於四樓頂樓的電影院。

可是他們沒有馬上前往電影院。

照珠雫所說，距離今天要看的電影開演，還有些許時間。

就算提早去了四樓，那裡也只有電影院，以及上映電影的周邊產品販售店。

所以四人就在有栖院的建議之下，前往一樓的美食街打發時間。

「嗯～～這個可麗餅好好吃喔～～～！」

有栖院推薦的可麗餅店，可麗餅好吃得令史黛菈讚嘆不已。

「的確，我本來認為可麗餅只是貴得莫名的食物，所以總是敬而遠之。這裡的可麗餅真不錯呢。」

珠雫也表示贊同地，小嘴不斷咬著可麗餅。

「對吧？這個美食街的可麗餅，奶油很香濃很好吃呢♪可是冰淇淋系列就遜色了點。如果想吃冰淇淋的話，我推薦三樓的13霜淇淋唷。」

「你真瞭解呢。」

「人家可是邊走邊吃，早就調查過了，甜點是女生的生存意義嘛♪」

「如果想知道好吃的甜點跟可愛的衣服，找艾莉絲就對了。史黛菈同學要是有想添購什麼都可以問他。」

「雖然人家是不太清楚哪裡有賣適合皇女殿下的高貴服裝，不過要是想吃好吃的甜點，人家知道不少店喔。乾脆今天就帶妳去吧？」

「真的嗎？哇～好期待！有什麼樣的店？」

「這棟百貨的咖啡廳裡的提拉米蘇啊——」

一輝默默地守在一旁，看著眼前的女孩子們（？）一面吃著可麗餅，一面討論起其他甜點。

他很不擅長應付這種女孩子特有的氣氛。

加上一輝並不是很喜歡甜食，也就更難插話了。

（說起來，艾莉絲什麼時候融入其中了啊？）

就連史黛菈原本還有些尷尬，現在也完全不介意有栖院的性別了。

她與有栖院相處起來，甚至比起和班上的男同學要親近。男大姐型的男人或許意外受女性歡迎。而且有栖院本來就長得很美型，就算什麼都沒做也會有女性主動貼上去。

一輝如此想著，獨自一人在一旁喝著冰咖啡，突然看到珠雫臉頰上沾著可麗餅的奶油。

（真是的……）

可惜了珠雫那身打扮。

雖然一輝方才一見到珠雫，那動人的妝容使她來個名副其實的大變身，也令一輝不禁小鹿亂撞起來。但一輝現在見到她小臉沾到奶油的樣子，頓時緊張感全失。反而令他想起以前自己熟知的少女，不免鬆了一口氣。真是謝天謝地。

（不過她好不容易打扮得那麼漂亮，就這樣放著不管也太可憐了。）

「珠雫，妳轉過來一下。」

「嗯？哥哥，怎麼了？」

珠雫順著聲音回頭，一輝伸手用手指拭去她沾在唇邊的奶油。

「奶油沾到臉頰囉。難得打扮得那麼漂亮，要小心點喔。」

一輝極其自然地舔掉手上的奶油。下一秒──

「嗚～～～～～！」

珠雫的臉蛋頓時像是著火似地，滿臉通紅，匆匆忙忙躲進有栖院身後。

那是珠雫從小就有的習慣。

她只要一害羞就會馬上躲到東西後面。

「哎呀呀，難不成珠雫是那種攻擊力全滿，但防禦力掛零的類型？」

「吵吵吵死了！艾莉絲，我只是太突然被嚇、嚇嚇嚇了一跳而已！」

一輝見到珠雫在有栖院身後驚慌失措的模樣，不禁嘴角失守。

「不過是沾到奶油而已，不用害羞成這樣啊。」

「不，不是那個問題啊……小哥還滿有一手的嘛。」

「有一手？」

「呵呵♪這人家就不太方便說了。」

一輝被有栖院這麼一敷衍，一時之間滿頭問號。此時——

「咳，咳咳！」

身旁傳來史黛菈輕咳了幾聲。

「史黛菈？怎麼在咳嗽，是不是感冒——」

一輝回過頭，便見到史黛菈嘴邊滿是奶油，簡直像個聖誕老人。

「一輝，你怎麼了？一臉訝異，我臉上沾到什麼了嗎？」

「我最訝異的是妳居然以為臉上沒沾到東西啦!?」

「要、要是有沾到什麼的話，你可以像幫珠雫那樣，幫我擦掉喔。」

「妳那已經不是可以用手指拭去的等級了……等我一下，我去借毛巾。」

「啊……等等！」

史黛菈還來不及出聲阻止，一輝就已經跑向附近店面裡，跟店員借毛巾。

「……那個，史黛菈同學……您該不會是個傻子吧？」

「哎呀，她笨拙的樣子也挺可愛的。人家都有點想幫妳聲援了呢。」

「囉、囉囉囉囉嗦啦！人家才沒有心懷不軌咧！只是手滑沾到嘴邊而已！真的啦！」

◆

一行人吃完可麗餅，聊著聊著時間很快就過去了，電影差不多要開演了。

「時間差不多了，我們到四樓吧。」

珠雫說完，大家便從美食街的組合長桌站起身。

都到了這時，史黛菈才突然問一輝。

「話說回來，一輝，今天要看什麼電影？」

「我也不知道耶。」

畢竟是四年沒見的妹妹主動邀約。

一輝原本就不可能拒絕，連問都沒問就馬上答應了。

「……你到底來做什麼的啊？」

「我可不想被史黛菈這麼說。」

「我又沒差，反正我只是來監視你的。珠雫，今天要看什麼電影？」

「普通的愛情片喔。」

「……果然，我跟來是對的。」

史黛菈低喃了句「我就知道」，忍不住嘆了口氣。

「我順便問一下，片名是什麼？」

「『戀上親妹妹　※15禁』。」

「那是哪門子的普通愛情片啦！」

「很普通的純愛啊。只要忽略兩人是兄妹這點就好了。」

「哪有這種離經叛道的純愛啦！妳到底是有多大膽！竟然想得出跟親哥哥單獨兩人來看這種東西!?妳是打算塑造什麼樣的氣氛！我吃驚過頭，都有點佩服妳了！」

「我並不想被您說大膽。您可是公然在班上同學面前，宣言自己是僕人呢。」

雖然珠雫說得很對——可是一輝並不打算跟妹妹一起看這種電影，他還不至於這麼沒常識。

「珠、珠雫……還是不要看這部好不好？」

「誒～為什麼？有什麼問題嗎？」

「不如說我找不到沒問題的地方……」

他並沒有悲哀到要去看以妹妹為對象的15禁戀愛電影，更別說居然要跟親生妹妹一起去看。

「總、總之就是不行！看其他的吧！」

「唔~哥哥不喜歡就沒辦法了……那要看什麼呢？」

珠雫打開自己的學生手冊，連上電影樂園的官方網站，詢問其他三人的意見。

「啊！這個如何？『沙漠公主迦爾納』。這部動畫電影在說迦爾納公主被沙漠的盜賊集團擄走，進而跟年輕的盜賊首領墜入愛河。感覺起來很浪漫——」

「駁回。」

「為什麼！」

「我才不想看浪蕩女對著來路不明的小混混張腿的電影。」

「比起跟自己親哥哥談戀愛還列入15禁的變態電影好太多了！」

「真是的，這樣下去沒有結論呢。好，那人家就幫大家折衷一下——『男人們的失樂園　※15禁』怎麼樣。」

「「誰叫你在性別上折衷啦！」」

史黛菈跟珠雫合音吐槽。或許兩人感情其實意外的好？

「妳們真任性呢，那就只剩最後一部了，是部動作片。」

「上檔的作品好少。」

「沒辦法，這裡只是一間小電影院。」

「不過如果是動作片，不管男女都能接受，應該還不錯吧？兩位覺得如何？」

「哃～真的非常可惜，不過既然哥哥說好的話……」

「真拿你沒辦法，反正我也滿喜歡動作片，我沒意見。」

「那就決定看這部吧。正好也快到開演時間了。」

「艾莉絲，我可以順便請問一下，這部動作片的片名叫做什麼？」

「『甘地　憤怒的解放』」

「「那什麼鬼超好奇的。」」

網站上刊登的海報是：在「甘地」字樣的大標題下，站著一個背後充滿烈焰、上半身全裸的肌肉光頭猛男，手中拿著大砲。副標題是「我說過原諒是強韌的證明，那是謊言。」

這太糟了，未免混進太多雜七雜八的鬼東西。

可是那過分的混雜，反而引起大家的興趣，一行人很快就全體同意了。

一輝一行人搭乘手扶梯到四樓的電影樂園。

可是在剛好到達三樓的途中，一輝突然想起了什麼：

「抱歉，我先去一下廁所，票先幫我買一下。」

「哎呀，那麼人家也陪你去吧。」

有栖院跟著一輝離隊。

「那我們先去買票，錢之後再給我們。」

「你要在開演前回來喔，沒剩多少時間了。」

「嗯，我會盡快回來。」

「珠雫、珠雫，我想坐一輝的旁邊唷♪」

「哥哥，我們會買好三人份的票等你的。」

「對不起！我開玩笑的！別當真！」

就這樣，史黛菈跟珠雫先前往售票口，兩位男性則走向三樓的男廁。

「呵呵♪人家總算跟你獨處了呢。」

「那個，難不成你是希望我同意你嗎……」

「咦？難道你說一起去廁所，不是在暗示人家？」

「完全不是!?」

「呵呵，人家知道啦，只是開開玩笑嘛。你太容易上當囉～」

「……抱歉，我第一次遇到艾莉絲這樣的人，不知道該如何抓距離。」

「就把人家當普通的女孩子就好啦。」

「放心，人家不會對直男出手的。」

（嗯，絕對辦不到。）

「直、直男？」

「就是說人家對你沒有性趣。」

「喔、喔……這樣啊。嗯，太好了，真是太好了。」

「可是，人家是真的想跟你單獨聊聊。人家從珠雫那裡聽到不少你的事，一直對你很好奇呢。」

「這點我也是一樣。」

「哎呀，哎呀哎呀哎呀！這真是出乎意料的發展呢！那現在就跟人家兩人單獨去看『男人們的失樂園　※15禁』吧！」

「我不是說那方面的好奇啦！因為珠雫非常怕生。她很少會和他人這麼熟絡，尤其是異性，所以我有點好奇你是怎麼樣的人。」

「哎呀，因為人家是女孩子吧？」

「…………」

「那是什麼眼神，有什麼意見嗎？」

「不，沒什麼……」

（認真的嗎？他是認真的這麼說嗎？）

搞不懂。自己從沒遇過這種人種，完全摸不清他的思考模式。

一輝判斷：不能隨意踏入無法理解的領域，所以主動岔開話題。

「比起那個，你說你從珠雫那裡聽到我的事，她都怎麼說我？」

「那是女孩子之間的祕密。」

有栖院宛如鋼琴家般的細長食指於脣前伸直，保持緘默。

要是一輝繼續在性別上大做文章，也顯得自己太不識相了。

「……不過那孩子口中的黑鐵一輝，是個很強很棒的男性。然後，人家現在見到本人，也確實是如此。不過也因此人家有點在意你，可以問你一個問題嗎？」

「什麼問題？」

「聽說你去年因為老家的阻礙，連一戰都沒打成對吧？」

「呃、嗯。學校禁止我所有的戰鬥行為，包括上課跟模擬戰在內。」

一輝回答這個問題時，內心也充滿驚愕。沒想到珠雫居然連這種事都說了。

黑鐵家跟自己的不和。

也就是俗話說的家醜，給外人聽見總是不太好。

至少珠雫還處於黑鐵家保護之下，若是沒有相當程度的信賴與信用，她應該是不會說出口的。

「不過今年就沒問題了，新任理事長改變了教育方針。」

「但那只是單純的運氣好罷了。要是新任理事長沒上任的話，你打算怎麼辦？」

「我還是一樣，做自己能做的事。況且在我知道留級的時候，我還不知道她上任的事呢。更別說教育方針了。」

「你不覺得那很徒勞無功嗎？」

「我不這麼覺得。艾莉絲也很清楚，騎士學校的老師幾乎全是專業的魔法騎士。理所當然，他們就算不看實戰，也能掌握學生的程度。對騎士學校而言，最光榮的當然就是『出了七星劍王的學生』。所以，只要讓他們覺得『我會成為七星劍王』就好了……不論要花上幾年，只要我強到讓學校想收我就好了。」

沒錯，現在的自己，不過是無足輕重。因此學校才會屈服於黑鐵家的要求，捨棄自己。

既然如此——他只要好好地提升自己，要讓學校覺得捨棄他是一件非常可惜的事。

一輝一直都是抱著這樣的想法，替自己打氣。

「不過，我很感謝現在的理事長。就算是我，如果有更平坦的路，我也不會特地挑崎嶇的走。」

「原來如此，我懂了。」

此時，一輝忽然發覺，低頭看著自己的有栖院，臉上露出一種情感。

那是…………憐憫。

「一輝……**你太習慣受傷了**。」

「艾莉絲？」

「這是人家的經驗談，可能跟你的情況有出入也不一定……所謂的堅強，終究只是在『忍耐』罷了。只是差在能夠忍到什麼程度，單純只是量的多寡。本質上還是持續累積內心的負擔，總有一天……會非常輕易地應聲爆開。所以人的內心在事態嚴重之前，一定會發出悲鳴。憤怒、悲傷、焦躁，然後轉變成一股衝動。『想要跟人訴苦』、『希望有人理解自己的痛楚』，可能是平靜陳述，可能是伴隨暴力行為、情緒高漲地發洩……可是你呢？你能容忍任何事物，但你的身上已經聽不到任何悲鳴了。」

一輝聽見有栖院一臉沉痛的話語，只是一味地感到困惑。

他一句都聽不懂。

「…………我覺得應該不至於吧。」

至少自己還會覺得煩躁跟悲傷。

他並不像有栖院說的，完全不理解自身的情感。

但有栖院卻搖了搖頭。

「不對，你根本聽不到。至少現在的你聽不到。如果聽得到的話，你不可能還能這麼心平氣和，不可能還能笑得那麼溫柔。」

（……的確，我的人生一路走來，絕不是一帆風順……）

可是，他還是覺得有栖院想太多了。

所以一輝看他這樣一臉嚴肅的訴說，也只能面露苦笑。

有栖院見到一輝笑得有些敷衍，心想，

（唉，他怎麼可能聽得進人家說的話呢？）

他微微地嘆了口氣。

自己不過是今天初次見面的外人。

自己說的話能有多少重量？

可是，就算自己心知肚明，還是想說出口。

至少這些話語能成為一個契機，令他覺醒也好。

因為他是珠雫重視的人。不過主要還是因為有栖院自己。雖然他們今天是第一次見面，他卻很中意這位青年——黑鐵一輝。所以——有栖院最後露出笑容，彷彿在為一輝打氣，

「總有一天，希望你能遇到貴人，**能夠代替你聽到，連你都聽不到的內心的悲鳴**。人家以朋友的身分，衷心替你期盼著。」

有栖院拿起掛在脖子上的銀色玫瑰經念珠印上一吻，為一輝的幸福祈禱。

而一輝到現在還是完全不懂他為何祈禱。

是不是該道聲謝？

他滿腦子只有這種狀況外的疑惑。

只是——相當神奇地，有栖院的話語殘留在他的心中，持續迴響著。

如同啟示一般。

「唔！」

突然地，有栖院表情一僵。

一改方才的悲傷神情，眼底充滿了警戒與緊張地環視四周。

「艾莉絲？」

「一輝，你過來一下。」

有栖院突地抓住一輝的手，衝了出去。

「咦!?誒、誒!?」

「別管了，快跑！」

有栖院不由分說地便抓著一輝，衝進他們原本預計前往的男廁。

他該不會已經忍到極限了吧。

就在一輝這麼想的下一秒——

「————————!?」

混雜著玻璃破碎聲的轟隆巨響，貫穿一輝的鼓膜。

隨之而來的是——槍聲與尖叫聲。

◆

兩個男人身穿黑色戰鬥服、頭戴防毒面罩，踩著慌忙的腳步聲闖進一輝跟有栖院所在的男廁。

「很好，只剩這間男廁沒檢查了，我一間間看，你在外面幫我把風。」

「沒必要這麼麻煩的一個個檢查啦。」

「喂、喂！」

口氣輕佻的男人不顧搭擋阻擋，舉起M4突擊步槍一陣水平掃射，把彈匣內全部的子彈都奉送給廁所隔間的門上。狹小的廁所內迴響著的砲擊聲停止之時，隔間的門已經變成蜂窩。要是裡面有人，絕對不可能還安然無恙。不過，從半毀的廁所中沒有流出任何血跡。

「很好，沒半個人。」

「你不要擅自行動！上面下令，顧客全部都要抓來當人質啊！」

「我就是想好好發洩一下。沒差啦，沒流血就代表裡面沒人啊。喀喀喀。」

「你要是被微笑大人宰了，我可不管。」

男人粗俗大笑著，兩人隨後離開了廁所。

廁所中只留下焦味，以及遭到槍彈破壞過的殘骸。而在天花板的日光燈照射下，出現一道「影子」，有栖院跟一輝像是突出水面似地，緩緩探出頭。

「呼~看來他們走了呢。」

有栖院確認敵人已經走遠，便從名為「影子」的水潭中起身。

他的手上握著一把閃著銀灰色彩的匕首。

「如何？人家的〈暗黑隱者(Darkness Hermit)〉？。這能力還不錯吧？」

「這是操縱『影子』的能力啊。的確是滿方便的。」

「不過缺點是，在全場都照亮的情況下，只要沒有障礙物就做不出影子，也就派不上用場了。」

一輝也這麼認為。這個能力與其說是在光天化日下作戰的騎士，反倒比較容易讓人聯想到暗殺者（Assassin）。

「可是一旦被發現在校外未經許可就使用固有靈裝，不是會很麻煩？」

「情況危急，沒辦法啊。只要一輝不說就沒事。」

「當然，我沒有告密的打算。」

有栖院朝著還待在影子內的一輝，伸出沒有握刀的另一手。

一輝握住他的手，有栖院便從黑色的水潭中將他拉了上來。

「謝謝，得救了。」

這句感謝，同時包含躲過敵人跟拉他起身的意思。一輝試著重新整理目前他們所處的情況。

「……他們究竟是？」

「〈解放軍（Rebellion）〉。」

「!?」

有栖院毫不猶豫吐出了一個名詞，令一輝倒抽一口氣。

〈解放軍〉，全世界惡名昭彰的犯罪組織。

他們認為伐刀者是「被神選上的人類」，並且將普通人定位於「低等人類」，打算以這種分類法來破壞當前「伐刀者必須保護無力的人民」的社會結構。

一切都是為了構築出他們的樂園：一個由「被神選上的新人類」——伐刀者統治「低等人類」的新世界。

「沒想到會在這種地方遇到聞名世界各國的恐怖分子。不過，你怎麼知道他們是〈解放軍〉？」

「人家以前住的地方，曾經被捲入跟今天類似的事件裡。那時候看到的人，裝備跟他們現在穿的一樣……比起這個，人家比較擔心珠雫她們。」

「嗯，不過在那之前，有件事非做不可。」

一輝掏出學生手冊，撥出內建的「緊急聯絡」電話。電話很快就接通，螢幕上出現熟悉的臉孔。

正是破軍學園理事長——新宮寺黑乃。

「我瞭解發生什麼事。」

黑乃開口第一句話，就幫一輝省去所有說明。

看來購物中心外頭也有了相同的進展。

「太好了，那麼請允許『黑鐵一輝』、『史黛菈・法米利昂』、『黑鐵珠雫』、『有栖院凪』四人在校外使用能力。」

「我明白了，允許以上四名學生在校外使用能力。」

「這樣就做完必要程序了呢。」

「理事長，您可以告訴我目前您瞭解的所有情報嗎？」

「犯人是解放軍，總數大約二十到三十人左右。全員手持槍械，目的是人質的贖金以及購物中心的財物。簡單來說，就是他們常有的手法，定期賺取資金。」

「有人死傷嗎？」

「只有遭受襲擊當時，幾個人逃得太過匆忙，不慎跌倒所產生的輕傷。目前還沒有任何死者跟重傷患。根據保全公司公布的監視影像，解放軍手上約有五十名左右的客人作為人質，並將他們集中在美食街。」

「……美食街，就是我們吃可麗餅的地方吧？」

「嗯，就是那個露天廣場。」

「那邊的話，還在人家的〈光影密道（Shadow Walk）〉範圍內，可以從這裡直接過去。」

「那就先移動到隱密一點的地方，觀察狀況……史黛菈她們一定也在那裡。」

那兩個人絕對不會丟下人質逃走。

她們肯定會藏住魔力，混進人質當中。

「我想你應該也很清楚，以普通民眾的安全為第一優先，別太亂來。」

一輝點點頭，便把學生手冊的電源關閉，避免在潛行中發出聲響。

「好，走吧。」

「交給人家吧。」

一輝伸出手，有栖院便回握他的手。

霎時間，他們的「影子」成為一灘黑色水潭，兩人的身體噗通一聲，沉入地面。

在沒有一絲光線的黑色水路中，一輝順著有栖院的引導，憋氣游去。

只有〈暗黑隱者〉的使用者有栖院，才能理解〈光影密道〉——這條由影子與影子相接而成的水路構造。

「到了。」

在黑暗中游了一段時間，兩人抵達(瞬間移動)美食街的附近。

他們停在廣場邊際，三樓梁柱交接的角落，從這裡可以俯視美食街的全貌。

兩人走出光影密道，藏在柱子後方，觀望美食街的情況。

正如黑乃所說，人質集中在美食街之中，約有十名穿著黑色戰鬥服的男人們正圍成圓圈包圍住他們。

「一輝，你看那裡。」

一輝順著有栖院悄聲指引的方向看去，便發現了珠雫，她果然混進人質群中。

「可是沒看到史黛菈呢。」

「……不，史黛菈也在。珠雫身旁的那個女孩，戴著帽簷很大的帽子。史黛菈身為騎士小有名氣，她才刻意把臉藏起來。」

「這麼說來，人家曾經在報紙上看過她呢。不過狀況有點不妙。」

「嗯，人質跟犯人的距離太近了。隨意輕舉妄動的話，人質可能會有生命危險，而且〈解放軍〉的人數不合。」

「應該是分組行動了吧？不管怎麼說……只能先觀望看看了。」

即使其他的解放軍會合，人質的數量還是遠遠多於解放軍。

他們逃走時應該不會太順利，可以趁那個時候闖進去。

所以兩人判斷現在應該靜觀其變才是上策。

——可是，情況卻朝著無法預料的方向發展。

「不要欺負媽媽————!!」

「!?」

人質裡頭一名大約小學生年齡的男孩，攻擊了持槍解放軍的其中一人。

（糟了！）

兩人心想大事不妙，但他們兩人的位置太遠，來不及阻止小男孩。

小男孩一邊大叫，一邊將手上的冰淇淋扔向士兵。

士兵的褲子染上白斑，不過這點程度連攻擊都稱不上。

激怒對方卻是綽綽有餘。

「這個臭小鬼————!!!!」

士兵暴怒，毫不留情朝著身高不及自己腰高的小孩使勁一踢。

「啊呃！」

「信二！」

一名年近三十的女性呼喊著小男孩的名字，從人質圈飛奔而出，應該是小男孩的母親。

她的手腳纖細，卻挺著大肚子，應該還懷有小男孩的弟弟或妹妹。但她卻以異於常人的速度，介入小男孩與士兵之間，完全看不出她懷有身孕，由此可見她有多麼拚命。

「女人，給我滾開！別礙事！」

「非常抱歉，非常抱歉！他還只是個孩子……！請原諒他吧！」

「喂！你在搞什麼鬼啊!!」

「這個死小鬼竟然把冰淇淋往我身上扔！我要宰了他！」

「蠢蛋！你都幾歲了，不要因為這種小事就抓狂！我說幾遍了，不准對人質出手！你想犯蠢被微笑大人殺掉，隨你的便！可是那個人一生氣，不殺個二位數是不會善罷干休耶！你擺明想害死我們啊！」

「吵死了！這麼多人質，才死一、兩個，他也不會發現啦！」

暴走的士兵揮開同伴，把來福槍的槍口對準母子。

「咿！求求你！饒我們一命……」

「那可不行！本大爺可是〈新世界（Utopia）〉的〈榮譽市民〉！區區一隻豬，竟敢弄髒本大爺的褲子！給老子以死謝罪！」

他毫不猶豫、毫不留情地扣下扳機。

鉛質的暴力飛快射出。

面對襲擊而來的鉛彈，懷有身孕的母親能夠做的抵抗，只能以身體擋住小孩。

但那點抵抗毫無意義。

鉛製彈頭會輕鬆貫穿她的身體，直擊下面的小孩。原本應該是這樣。

但是——子彈連母親的身體都沒碰到。因為——

史黛菈的火焰介入母子與子彈之間，將子彈連渣都不剩地燒得一乾二淨。

◆

「我一個人衝出去就好。」

「反正他們遲早會發現我的身分。」

「放心，我可是一國的皇女，他們不會馬上下殺手的。」

「所以珠雫還是繼續躲著，以防萬一。」

史黛菈對意圖阻擋的珠雫扔下幾句後，衝進射程範圍裡熔解子彈。

〈解放軍〉的士兵們面對突如其來的威脅，紛紛難掩動搖。

「居然有伐刀者……!?」

「可惡！」

他們幾乎是反射動作，一起向史黛菈開槍。

鉛塊凌亂飛舞。但是——

「〈妃龍羽衣〉(Empress dress)。」

包覆在史黛菈身上的羽衣跟前，這些鉛彈連存在都不被允許。

所有的鉛彈在碰觸到史黛菈之前，便蒸發得一乾二淨，但是——

「「「呀啊啊啊啊啊啊——」」」

但是對人質來說，狀況截然不同。

槍彈隨著劇烈聲響滿天飛舞，令人質陷入惶恐。

M4這種突擊步槍，為了方便操作，勉強縮短槍身，相對的準確度也大幅下降。

這樣下去流彈可能會誤中人質。於是史黛菈做了一件事：

「給我冷靜下來!!!!」

「「「——!?」」」

她對著暴動的襲擊犯們大聲叱喝。怒吼中蘊含著「威嚴」，就連綿延不絕鳴響的槍火聲都為之遜色，並且強制在場的眾人停止行動。士兵們原本因伐刀者出現而自亂陣腳，如今他們卻宛如做錯事的孩子般，挺直腰桿站好，不敢亂動。

「我沒有要與你們戰鬥，所以都冷靜下來，聽我說。」

史黛菈開口說道，內心也鬆了一口氣。

（……總之先把現場穩定下來了。）

她在日本只是一介留學生，但她同時也是法米利昂皇國的皇女。

因此她對國際犯罪組織的〈解放軍〉還算清楚。

例如：〈解放軍〉的部隊結構。

由於解放軍的中心思想，時常會使人誤以為解放軍是伐刀者居多的組織。但事實上，其成員大多並非伐刀者，只是贊同解放軍提倡的新世界，稱為〈信徒〉。真正的伐刀者則在少數，被稱為〈使徒〉。由少數的伐刀者指揮一般人士兵，這才是〈解放軍〉的部隊方針。

而在場所有人都是〈解放軍〉的信徒。

既然如此，帶隊的〈使徒〉很可能正帶領分隊分開行動。

（……依照率領這種規模的部隊，〈使徒〉應該只有一名。本來我不想在那個人出現之前輕舉妄動的……）

她在這種情況下洩漏身分，就表示把主導權拱手讓人了。

但是在剛剛那種情形下，她也無法視而不見，實在是逼不得已。

史黛菈撇開多餘的想法，重新用銳利的目光壓制士兵們：

「我代表這裡的人質，要求與你們的頭頭交涉。」

「妳、妳在說什麼蠢話？妳哪有這種權利！」

看來士兵們還不知道自己是誰。

史黛菈原本趁亂跟一旁店家「借走」一頂大帽簷的帽子，現在她只能無可奈何地脫下帽子。

「我是——」

「哎呀哎呀～？這真是混進了一位不得了的大人物吶～」

在史黛菈準備公開自己身分時，有個聲音打斷了她的話。她往說話者的方向看去，有個臉上刺青的男人，帶著大約十名全副武裝的士兵往這裡走來。

男人對上史黛菈的視線，露出微笑，笑容大大扭曲了他臉上的刺青。

「這不是法米利昂皇國的第二皇女殿下嗎？嘻嘻嘻。」

「黑色刺有金繡的外套……那是解放軍的〈使徒〉所穿的法衣。也就是說，你就是這群蠢貨的頭頭對吧？」

「嘻嘻嘻，您真清楚。沒錯，本人名喚微笑，還請多指教，公主殿下。」

男人——微笑恭敬地低頭行禮，並自我介紹後，神色一變，對包圍人質的部下們露出凶狠的眼神。

「喂，動什麼動。你他媽的連留守都做不到啊！」

「咿！」

「我不是叫你們給我安分地待在這嗎？而且我說過不准對重要的人質出手吧？啊！」

「我、我們有阻止過他了！可是冶金那傢伙就是說不聽啊！」

「冶～金……這場騷動的罪魁禍首就是你嗎？」

「不、不是的！都是因為那、那個小鬼把我的褲子給弄髒了……」

「嗄!?就因為那種小事──……不。」

微笑像是想起什麼般地，默默地陷入思考。

「……嘻嘻嘻。」

「微、微笑大人？」

「……對啊，冶金。那糟透了，真同情你呢。」

微笑突然一改剛才凶惡的態度，對著褲子沾有髒汙的部下拍了拍雙肩──

「放心吧。你身為〈榮譽市民〉，我們會為你討回公道的。」

微笑從懷中掏出手槍，對準母親懷中的小男孩。

「你、你想做什麼!?」

「做什麼？這不是廢話嗎？公主殿下。我要讓這個小鬼為自己做的事負責啊……身為一個人，就該對自己的行為負責，對吧？」

「你不是說不會對人質出手嗎!?」

「前提是他們老實安分的話……這小鬼又不安分。不過也是，他還小，還不懂什麼叫安分。這也沒辦法……這小鬼可是犯了罪，他汙辱了身為〈榮譽市民〉的那些傢伙。他非得用性命贖罪不可。有罪就該罰，懲罰即是赦免——這可是我的座右銘吶……」

微笑的手指扣在扳機上，逐漸施力。

「————!!!!」

這一刻，史黛菈沒有任何猶豫。

這個男人絕對會扣下扳機。

史黛菈立刻顯現出〈妃龍罪劍〉。

「哈啊啊啊啊啊啊啊——!」

她從地板上一躍而起，揮劍衝向微笑。

——微笑見到這情景，露出淺笑。

（這是誘餌!?）

但也無妨，她不會讓他有機會喚出固有靈裝。

微笑的武器只有一把手槍（Government）。

那種東西怎麼可能擋下〈妃龍罪劍〉全力一擊——

史黛菈會連同手槍將他斬成兩半！她順勢揮下〈妃龍罪劍〉——

刀身卻被微笑用左手的食指及中指接住。

「什麼!?」

「嘻嘻嘻，真~可惜。速度很快，攻擊力也很強。不愧是傳說中的A級。不過可悲的是，妳還不懂人外有人，天外有天。」

史黛菈難掩吃驚。

自己的奮力一擊居然被人用空手，而且還是兩指就接住了。這不是人類能辦得到的。

他那樣做，手指根本擋不住劍的重量，會連腕帶臂被劈成兩半才是。

即使他能接下，手腕應該也會被〈妃龍吐息〉燒爛。

但微笑沒有承受到任何重量與燒灼，輕輕鬆鬆接下了〈妃龍罪劍〉。

為什麼？

但史黛菈還來不及得到答案，微笑的右拳便襲向她的腹部。

「唔、哈……」

遠高於防禦力的衝擊，僅僅一擊就讓她雙腳無力。

這股攻擊力足以穿透〈妃龍羽衣〉，將自己的體力完全削去。

（為什麼……他明明看起來不像是那麼強的伐刀者！）

「那對……戒、指！」

她在與微笑的攻防中，發覺了一件事。

他雙手中指上的戒指正散發著不祥的紅光。

雖然乍看之下只是個裝飾品，但這正是微笑的固有靈裝——

「兩只一對的固有靈裝〈大法官之環〉。特性是『罪』與『罰』。左手的戒指會將對我造成的**任何傷害**當成『罪惡』吸收，而右手的戒指則會將其轉為『懲罰』的魔力回擊對方……嘻嘻嘻，也就是說對手有多強，我的力量就有多強。」

「原來如此，我是被自己的奮力一擊給打中了。」

怪不得她會連站都站不起來。

「您連對方有什麼能力都還不知道就胡亂攻擊，這可是很危險的喔～公主殿下。嘻嘻嘻。」

「……明明、是你、誘導我的。」

「嘻嘻嘻，哎呀呀，真抱歉呢。再怎麼說對手都是〈紅蓮皇女〉，我也得不擇手段……不過，還真讓人無法苟同呢，公主殿下。您明明乖乖躲好就沒事了，貴為一國皇女，竟然成了這種小屁孩的肉盾……哎呀哎呀，您還真是偉大呢。真是皇族榜樣。既然如此，我微笑就看在史黛菈公主的勇氣上，只要您答應我的提案，我就饒那小鬼不死吧。」

「什麼、意思？」

「很簡單。這種贖罪方式是眾所皆知。犯錯就該道歉，如此罷了。只要公主代替那小鬼道歉就好。

——不過是要全裸的，五體投地跪拜。喀喀喀喀！」

◆

「————！」

在上方觀望的一輝聽到這項要求，瞬間怒氣暴漲。

他現在就想馬上衝出去，把微笑大卸八塊。但是——

（……不行……！）

他衝出去就會變成亂鬥，人質會陷入危機之中。

無論如何都要避免人質受傷。

「嘻嘻……當然，我不強求。我區區微笑，怎敢命令公主殿下呢？您要是不想做，大可拒絕，不過到時候……我就得依照原定計畫，讓那小鬼負責了。」

（……齷齪的傢伙！）

一輝強壓下怒火，幾乎快把嘴脣咬出血來。

微笑明知道史黛菈不可能見死不救，他是故意這麼說。

他單純是為了侮辱史黛菈。

然後——史黛菈的回答，就如同一輝所想。

「…………我知道了。」

史黛菈強忍不甘地收起〈妃龍罪劍〉，表示同意。

「相對的，你得答應我，從此之後絕對不會對人質做任何攻擊。」

「當然。在下微笑必定遵守承諾，請放心……不過前提是當我們拿到贖金，順利逃走。」

「…………說定了喔。」

史黛菈再三確認後……站起身。

她的雙膝顫抖著，或許是方才衝擊的餘韻未退。

但是……她緩緩寬衣解帶，那雙手略帶顫抖，其中絕對帶著不甘。

「哇哈哈！這太強了！皇女大人的脫衣秀耶！」

「超讚的點子！不愧是微笑先生！」

「脫吧脫吧！哈哈哈！」

史黛菈竟然非得在這種雜碎面前露出肌膚，恥辱染紅了她的雙頰，她一件、又一件地脫下衣物。

她掀開針織外套，露出香肩。

短裙滑至腳邊，誘人的曲線裸露在眾人的視線中。

女用襯衫的鈕扣一個一個解開，從那縫隙中能窺視到小巧的臍穴。

最後，她身上總算只剩下白色的絲質內衣。

「哇啊——胸部好大，她真的還只是學生嗎～」

「超讚的啦～！」

「微笑先生！我可以拍照嗎!?」

「吱吱喳喳的吵死了，這群早洩混蛋。主菜現在才要開始啦。嘻嘻嘻。」

「～～～～～～～～！」

他們的對話低俗到不堪入耳。

史黛菈只能裸身承受，嬌軀不停地顫抖。

這時，一輝看到史黛菈頰上滑落的一點光芒。

淚水。

當那點光芒映入一輝眼中的瞬間，他彷彿聽到了什麼東西破開的聲音。一輝緊咬的下唇裂開，同時，他心中不停阻止自己衝出去，那條名為「理性」的繩索也隨之斷裂。

（——史黛菈!!!!）

「冷靜點。」

但一輝的衝動卻沒有化為行動。

無法化為行動。

「唔！」

他的身體彷彿被什麼東西黏住，動彈不得。

仔細一看，有栖院正將固有靈裝〈暗黑隱者〉插在一輝的影子上。

〈縫影〉(Shadow bind)。

他利用這項伐刀絕技，透過對方的影子限制其行動，制止一輝的行動。

© Won

「……冷靜下來，你現在出去能做什麼？」

「可是……現在不出去的話，史黛菈她……！」

「放心，人家有個計策。」

一輝不敢置信的回頭看向有栖院。

「……現在，珠雫正在行動。所以你再等一下。」

「珠雫…………？」

「沒錯，她正隱藏魔力，暗中布置足以保護所有人質的水之結界。」

一輝聽到他這麼說，再次將視線回到廣場，聚精會神地探尋魔力的痕跡。

「……我什麼都沒看到。」

「這是當然的。雖然珠雫只是B級騎士、全部的能力值也劣於史黛菈，但只有『魔力控制』是無人能及的第一名。如果單看這點，珠雫也擁有同等於A級的實力。」

「！」

一輝聽見有栖院的解釋，一臉吃驚。

「魔力控制」，簡單來說，就是操縱魔力的技巧。

當別的伐刀者必須使用10點魔力值來執行一項動作，有著優秀「魔力控制」的人只需用2點或3點的魔力值就能做到。他們甚至可以使用魔力形成「迷彩」，隱藏自己，不讓敵人發現。而黑鐵珠雫正是這項能力特別突出的伐刀者。

「像是珠雫這種等級的操縱者，只要他們認真布下迷彩，絕對不可能有人發現得了。」

「那你又怎麼確定她有在行動……」

一輝還沒說完，有栖院就遞出自己的學生手冊。

看來他似乎是開了震動模式，沒有把電源關掉。

而螢幕上顯現的是──珠雫的簡訊。

「我現在張劫街　好了打暗號」

簡訊內只有隻字片語，而且滿是錯字。

她應該是一面警戒周遭一邊輸入，連畫面都看不得吧。

但文義卻很清楚。

（──珠雫！）

一輝欣喜地在心中吶喊妹妹的名字。

同時，彷彿在回應他的呼喚似地──

「〈障波水蓮〉────!!」

水之騎士・黑鐵珠雫放出水之障壁，隔開人質與解放軍。

這正是暗號！

「什麼！」

水牆突然泉湧而出。而能夠做出這種事的，只有伐刀者。

除了史黛菈以外，還有騎士混在這裡頭。

微笑驚覺這項事實。

「要是你們那麼不想安分待著，那我就通通宰了！來人！開槍把人質全都給我幹掉！」

信徒們遵照微笑的命令，一同對著水牆另一頭的人質開槍。

突然冒出來的水之屏障以及接連不斷的槍聲，令人質陷入極度恐慌，每個人都像被扔進熱鍋般地抱頭尖叫。

但是——如瀑布般傾瀉而下的彈雨，一顆都沒碰到人質。全部都被珠雫的伐刀絕技——〈障波水蓮〉擋住了。

大家都知道，從高處掉進水裡，會宛如撞上水泥般劇痛。事實上，水在面對衝擊時具有極大的反作用力。像是來福槍的子彈，這樣高速行進的物體在碰觸水面的瞬間，就會因為反作用力而撞個粉碎。僅僅是水就有這種程度的力量，再加上珠雫的魔力相輔，水牆堪稱銅牆鐵壁。區區鉛彈不可能擊破。

此外——並非只有珠雫一人行動。

在〈障波水蓮〉發動的同時，一輝也使出〈一刀修羅〉。

他急速地躍下，從微笑正上方展開奇襲！

「嘖！上面也有同伴嗎！」

但微笑是多次死裡逃生的恐怖分子。

他立刻發現奇襲，並做出對策。

他伸出方才接下史黛菈的〈妃龍罪劍〉的左手，打算接住一輝即將揮下的〈陰鐵〉。

在〈大法官之環〉面前，所有攻擊都將化為「罪惡」，被收押其中。

那左手中的「道理」，就連史黛菈足以震撼大地的一擊都能化為無形。一輝的劍相較於史黛菈，只有速度略高，威力低上數倍。所以，他不可能攻破那項「道理」。

奇襲將會失敗。一輝揮下的「罪惡」，會成為「懲罰」回到一輝身上。

不過前提是——微笑的左手必須捕捉到一輝的劍！

「……啥？」

突然間，微笑眼前出現不敢置信的畫面。

鮮血飛濺，自己的手腕順著拋物線飛出。

沒錯。即使微笑的左手可以將所有的攻擊化為無形，看不見的攻擊便無法捕捉，因此也無法防禦。

所以一輝**這麼做**了，他揮劍的速度遠遠超越人類的動態視力，讓對方**連劍也看**

不到。

此為不可見的斬擊，黑鐵一輝自創七劍技之一。

「第七祕劍──雷光。」

◆

「雜碎就由人家來解決，一輝要徹底拔掉那個低俗猴子大王的戰力。」

一輝依照有栖院所說，讓他徹底失去戰力。

他以看不見的斬擊〈雷光〉，連根砍斷吸取罪惡的左手，並且反手砍斷右手。

不管微笑的靈裝蘊藏多少能力，只要兩手都被砍斷，就不具任何意義。

「呀啊啊啊啊!!手、我的手啊啊啊!!!你、你這傢伙──!」

「嘰嘰喳喳的，吵死了。」

「咿……!」

當微笑看到一輝的表情，頓時吞下所有抗議。

「我已經手下留情了。你對史黛菈做的事，就算再砍個一兩隻手也不夠賠。那種程度的小傷，只要用『iPS再生槽』，連傷口都稱不上。」

「──!」

一輝用冰冷的視線逼微笑閉嘴後，便轉開視線，彷彿是不想髒了自己的眼睛。

他放眼望去，人質安然無恙，作戰成功。

「太好了呢。」

有栖院拍拍一輝的肩。

「艾莉絲，那邊也解決了嗎？」

「……該說解決了，還是說被解決了呢……那女孩真厲害呢。」

（那女孩？）

一輝實在聽不懂有栖院在說什麼，他轉過頭——便看到了他的言下之意。

倒下的士兵四散在各處。

沒有任何一個人站著。

只餘下那道背影，佇立於戰場之中。

「史黛菈……」

豔紅髮絲飛舞、身披烈焰禮服，那是〈紅蓮皇女〉的背影。

她手中握著磷光四散的〈妃龍罪劍〉。

史黛菈受到強擊、承受那等屈辱，於是在行動開始的瞬間，她立刻行動，將所有士兵一個也不剩的擊倒。其速度之快，有栖院根本毫無出場的餘地。

冷靜正確的判斷力，以及深不見底的實力。即使她那麼虛弱，仍然留有餘力。

有栖院讚許她的厲害也無可厚非，不過——

「人家會跟外頭報告，你過去吧。」

「謝了。」

（她怎麼可能沒逞強！）

「史黛菈！」

一輝奔向史黛菈，在她聽到聲音而回首之時——將她擁入懷中。

「嗚哇！等、怎、怎麼了!?」

史黛菈突然被一輝緊緊抱住，臉上滿是疑惑及困窘。

可是一輝根本不管那麼多，他現在只想這麼做。

一輝抱緊懷中僅剩內衣褲的史黛菈，用自己的身體遮住她白皙的肌膚。

為了不讓這名既勇敢又溫柔的少女，繼續用這麼令人害臊的模樣見人。

「對不起……要是我再早一點來救妳的話……妳就不用受到這種羞辱了。」

「一輝……！」

或許是他擔憂的心情傳達給史黛菈，她順從地倚靠在他懷裡……嬌小的身體微微顫抖。

一輝努力不去看史黛菈的表情，手上的力道卻絲毫不減。

「哥哥。」

這時，珠雫出聲叫住一輝。

「珠雫……謝謝。多虧妳張開結界，沒有人受傷吧？」

「當然沒有。我才不會出那種差錯呢。」

珠雫不悅地扔了句「別說笑了」，便把手上的東西推向史黛菈。

剛剛脫下而散落一地的衣服。

「我都撿起來了，妳總不能一直都是那副德性吧。」

「謝、謝謝……真意外。妳居然會顧慮我。」

「真失禮，妳也不想想是託誰的福才得救的。真是的，居然什麼都沒想就飛奔出去，輕率也該有點限度。」

「唔……」

史黛菈被珠雫直盯著，尷尬地別開眼。但——

「不過……對妳有點另眼相看了。」

「咦？」

「要是我，大概就不會救那對母子……真的有這種人呢，不顧自身安危也要保護陌生人。」

「也、也不是什麼大不了的事……不過若沒有珠雫的結界就糟了，妳還滿厲害的呢……」

兩人至今為止都一直敵視對方，現在卻突然老實誇獎對方，反而令彼此更害羞，史黛菈跟珠雫都有點坐立難安……不過她們也互相發現對方值得尊敬的優點。

（要是能夠藉此讓兩人好好相處就好了——）

「啊，對了。珠雫會使用『治癒』嗎？」

「我是會治癒……該不會哥哥有哪裡受傷了……？」

「沒有，不是我，是那傢伙。」

一輝指指微笑。他出血相當嚴重，總不能這麼放著不管。

若想治療人類這種水分的集合體，需要非常高等的操水技術。

「不用把手臂接合，只要止血就好。要是他又大鬧就麻煩了。」

「我知道了。總不能讓哥哥變成殺人犯呢。」

「雖然他已經無力戰鬥了，不過還是小心點——」

「不准動————————!!」

「「「——!?」」」

◆

忽然間，一旁傳來近乎哀號的怒吼。

而且怒吼竟然是從人質群中傳來。

一行人同時看向聲音來源。

一個穿著紅T恤的年輕男子，正拿槍抵著一個中年婦女的太陽穴。

「救、救命啊──！」

「小鬼們通通不准動！只要你們敢輕舉妄動，我就轟掉這老太婆的頭！」

「糟了！居然還有敵軍混進人質中……」

「……嘻嘻，哈哈哈哈！混進人質中的……可不是只有你們啊，蠢貨！」

「微笑………！」

犯罪者斬斷的雙肩噴著鮮血，再度露出足以扭曲臉上刺青的淫笑。

他肯定在思考，接下來要怎麼料理一輝眾人。

「喂！那個哥德蘿莉的小不點！」

「居、居然叫我……小不點!?」

「對啦就是妳啦，小不點。我有聽到喔，妳說妳會治癒嘛～……過來把我的手接好！不准說妳辦不到啊！嘻嘻嘻……！」

微笑的笑聲後，緊接著是中年婦女的尖叫聲。

恐怕是抵在她太陽穴的槍又加重力道了吧。

（……可惡！）

一輝咬緊牙根。

〈一刀修羅〉還在發動中，但是槍口緊靠著人質，不小心擦槍走火就糟了。

「就叫妳快過來了！」

「哥哥……」

「……沒辦法，先照他的話做——」

「不，沒那個必要。」

男人的聲音彷彿直接在腦中迴響般，並不是從某個地方傳來。

數道光芒伴隨著風鳴，從一輝身旁呼嘯而過。

那是——散發著天藍色光芒的魔力箭矢。

「嗚哇哇哇——」

「呀、啊啊…………！」

魔力之箭數度貫穿微笑以及抓住人質的男人，這次總算讓他們失去戰力。

「什麼!?發生什麼事了——」

史黛菈正對突如其來的展開感到困惑。但是——

（這招是……）

一輝知道這個招式，也聽過這個聲音。

「呵呵呵，真是的，最後還是要我出手啊。我不太喜歡搶別人功勞的說。」

眼前空無一物的地方閃著光芒，畫面恍若鱗片剝落一般逐漸崩毀。

崩裂之中，出現一個少年的身影。

少年外型纖細，跟一輝他們差不多年紀，手持弓箭型態的固有靈裝。

「怎麼可能？居然連我都察覺不到他的氣息……」

有栖院就連微笑的襲擊，都能夠在未發生之前察覺，卻沒辦法感覺到他一丁點的氣息。

不過那是正常的。那正是——他特有的能力。

一輝能夠理解，畢竟一輝原本跟他同班。

「好久不見了，桐原同學。」

桐原靜矢，去年的「首席新生」——也是去年七星劍武祭的代表選手之一。

「嗯，好久不見，黑鐵一輝同學。」

桐原巧遇以前的同班同學，露出平靜的微笑。

「你居然還在學校啊。」

並且從細小的眼皮縫隙間，露出帶著嘲弄的視線。

「！」

史黛菈跟珠雫的神情明顯轉為不悅。

但是人家才剛幫自己收爛攤子，總不能吼回去。

「桐～原同學！好可怕唷～！」

人質群中突然衝出七名少女撲向桐原，撞飛一輝一群人。

她們是桐原的女朋友們，今天跟桐原一起來這裡玩。

「無能的學弟妹讓妳們受驚了，不過已經沒事了唷。」

「嗯，我相信桐原同學一定會救我們。」

「啊～嗯。桐原大人～好帥喔～騎士果然好強唷～」

「…………讓人不爽的傢伙。」

「第一次跟妳意見相同呢。」

史黛菈跟珠雫見到桐原被花枝招展的少女包圍住，還把他捧上天，忍不住小聲交頭接耳。

在桐原解決事件之後，警察們接到有栖院聯絡，馬上衝進美食街，開始逮捕解放軍，確保人質安全。

就這樣，假日的騷動姑且算是落幕了。黑鐵一輝看著現場——

「——！」

他鬆了一口氣，頓時腳下一晃。

使用〈一刀修羅〉的疲憊感泉湧而出。

「哥哥！」

「一輝！……沒事吧？」

「……啊、呃……嗯，沒事……我休息一下，等等應該勉強能走。」

「你稍微坐一下比較好吧。」

有栖院扶著一輝坐上美食街的長椅時，四個人叫住他們。

開口的是警察的負責人。

「那個，你們就是解決事件的學生騎士對吧？我們想做個筆錄，方便跟我們到警局一趟嗎？」

「哎呀哎呀，真不巧呢。本來想讓一輝休息一下的——」

有栖院一邊說，視線瞥向被女友包圍的桐原。

「我已經幫你們收好爛攤子了，就麻煩你們自己接受訊問吧。」

看來桐原沒打算奉陪。

桐原毫不留情地拒絕後，開始跟團團包圍住他的女孩子們討論該去哪裡轉換心情。

「艾莉絲，沒關係啦……我在警車裡稍微休息一下，應該就能回復點體力了。」

「一輝，別太勉強喔？」

「沒事啦，又不是受傷……」

一輝頂著一臉倦容，勉強站起身。

他再度看向桐原，微微低頭行禮。

「今天承蒙幫忙了，謝謝你，桐原同學。」

「不用謝啦。幫助**弱者**是強者的義務啊。」

桐原句句帶刺，史黛菈跟珠雫再次露出凶狠的表情。但是對兩人來說，比起跟這男人做無謂的爭吵，現在更重要的是讓一輝休息。

所以史黛菈抬起一輝的肩膀，打算扶他到警車裡頭。

但是——背後卻傳來一句發言：

「不過黑鐵同學……你到現在還打算用那悲劇到了極點的力量行走於騎士道上啊？」

史黛菈對於桐原滿是諷刺的口吻，這次真的忍無可忍了。

「你……給我適可而止！」

「史黛菈，好了啦。」

「一點也不好！怎麼能放他繼續胡說八道！」

史黛菈不顧一輝的阻擋，滿臉怒火伸出食指指著桐原。

「我從剛剛就聽見你在那邊說些五四三的，告訴你，一輝比你強太多了！我可以為他的強悍作證！像你這種貨色，連一輝的腳邊都沾不上！」

史黛菈的怒聲抗議，但那其實只是她的期望。

因為史黛菈不知道桐原的能力。

沒錯——她不知道。

桐原跟一輝間，有著絕望至極的差距。

而桐原是最清楚這點的——

「……哈哈、啊哈哈、哈哈哈哈哈!!!!」

史黛菈的話對他來說，只是個笑話。

「你、你笑什麼！」

「當然好笑了，這麼好笑的笑話怎麼可能不笑啊？妳說那邊的〈落第騎士〉比我強……哈哈哈！這真是經典。看來黑鐵同學把自己吹捧得很厲害嘛。你可要好好告訴人家真相啊。

你——其實是個膽小鬼，因為太過害怕與我戰鬥，所以你逃走了！」

「咦……？」

一輝居然從對戰中逃跑。

史黛菈難以置信的看向一輝。

但是……一輝沒有否定。

他只是靜靜地看著桐原。

史黛菈看不出他心底在想什麼。

可是，史黛菈覺得，一輝不可能會畏戰逃走。

她再次瞪向桐原。

「騙人！那種事是不可能的！」

「呵呵呵，法米利昂同學無論如何都覺得他比我強就是了。」

「廢話！一輝可是唯一一個贏過我的騎士！」

「——既然如此，法米利昂同學，要不要來打賭？」

「…………打賭？」

桐原瞥了一輝一眼。

「我們就來賭妳說的話是真是假。其實能夠見證這項事實的舞臺，早就已經準備好了。黑鐵同學……你把學生手冊的電源關了吧？打開來看看。」

「…………」

一輝聽從他的話語，開啟學生手冊。

隨著開機的同時，顯示收到簡訊。

送件者是……選拔戰執行委員會！

然後簡訊的內容是：

「黑鐵一輝選手，選拔戰第一戰的對手為：二年三班・桐原靜矢。」

「——————！」

「沒錯，你第一戰的對手正是我。去年的七星劍武祭代表選手——〈獵人〉桐原靜矢。我們早已註定必須一戰。所以——法米利昂同學，就如妳所說，如果我輸的話，就撤回今天的所有藐視發言，低頭道歉。不過要是我贏了……妳要當我女朋友。」

「桐原！你說什麼蠢話——」

一輝當然反對這種賭約內容，但是，

「好，我就跟你賭。」

「史黛菈!?」

史黛菈卻輕易同意了。

「快住手，史黛菈！這種賭約一點意義也沒有！我根本不想要他跟我道歉！」

「一輝不要我要。贏過我的騎士被說很弱，這叫我面子往哪擺！」

不管一輝怎麼說，史黛菈都不肯讓步。

她也不是輕易讓步的類型。

所以，賭約成立了。

「說好囉。呵呵，本來只是一場必勝無疑的無趣比賽，我總算有點幹勁了……那麼黑鐵同學，我們下次就在決戰的舞臺再見吧。提醒你，如果你想用那種蹩腳的力量站在我面前，可要做好相對的心理準備。畢竟選拔戰跟模擬戰不一樣，是『實戰』，你可要好好加油，不要被我幹掉啊。哈哈哈！」

桐原對自己的勝利深信不疑，放聲大笑，並且帶著女友們揚長而去。

桐原那旁若無人的態度，讓史黛菈、珠雫，甚至是有栖院都對桐原印象差勁無比。

「呼～雖然他長得還不錯，但個性差成那樣，真是太糟糕了。」

「……好討厭的人。」

「哼，一輝肯定會輕鬆獲勝。畢竟一輝可是連我都贏了呢，對吧？」

史黛菈原本期待一輝會給她簡潔有力的同意。

但是——

「……………天曉得，他對我來說，是最糟糕的對手。」

「一輝………？」

一輝的回答卻不如預期。

沒辦法。一輝跟史黛菈不同，他很清楚桐原伐刀絕技有多麼強大。

所以，他無法給予肯定的答案。

這場戰鬥……大概會很辛苦。一輝的直覺這麼告訴他。

就這樣，賭上七星劍武祭出賽權的選拔賽即將開戰。

史黛菈、珠雫、有栖院的第一戰都是在星期一。

一輝的第一戰：跟桐原的戰鬥，則是隔天的星期二。

對一輝來說，這是第一次的「正式戰鬥」。

與至今的模擬戰不同——是真正的對戰。

首戰，近在眼前。

破軍學園壁報

角色介紹精選　文編・日下部加加美

STELLA VERMILLION

史黛菈・法米利昂

■PROFILE

班級：破軍學園一年一班

伐刀者等級：A

伐刀絕技：妃龍吐息

稱號：紅蓮皇女

人物簡介：跨海前來追求強敵的皇女。性格活潑，舉止稍嫌粗野。

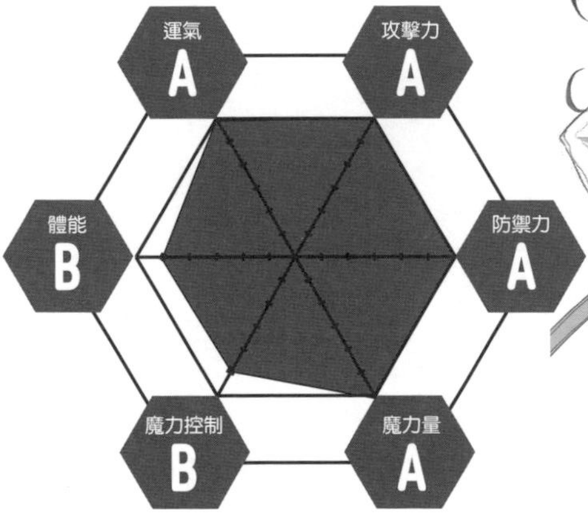

運氣	攻擊力	防禦力	魔力量	魔力控制	體能
A	A	A	A	B	B

加加美鑑定！

歷屆入學成績最高！就如同前述評價，她的全體能力之高，簡直是另一個次元的水準，平衡也相當好，是個超級全能型戰士。特別是她的魔力量，即使將正式魔法騎士放進去排名，她也是名副其實的世界第一！而且而且！經過本人證實，她的魔力回復量也是高得嚇人，幾乎是消耗的那一瞬間就開始回復了！喔喔～好可怕、好可怕！唯一的弱點，大概是因為很少經歷苦戰，導致戰鬥方式太過單純？

第四章　初戰

解放軍事件翌日，星期一。

破軍學園舉辦，爭奪六個名額的「七星劍武祭出賽權選拔戰」正式開幕。

『讓大家久等了！選拔戰首日最受注目的對決！B級新生！傳說中的大英雄‧黑鐵龍馬的後代，黑鐵珠雫選手的第一戰！』

破軍學園「播報社」的實況報導，令前來偵察次席新生的學生們興奮歡呼。

『她的對手——在去年冬季與貪狼學園共同舉辦的交流賽中，大勝貪狼的七星劍武祭代表選手‧安土山道行，眾人也相當看好他能出場今年的七星劍武祭：三年級C級騎士‧管茂信選手！實戰經歷豐富的高年級學生是否會給年輕騎士來個下馬威!?又或者是新世代的超新星會展現她的強悍！現在，對戰開始的警鐘——響起——喔!?管選手在鐘聲響起的同時，衝了出去！』

管持有的固有靈裝——雙劍綻放著雷電，劈啪作響。

「抱歉了，超新星！我的能力正是『水』的天敵，『雷』！要恨就恨自己籤運太差吧！——〈白雷刃〉！」

管掌握屬性優勢，帶著勝券在握的表情，以雷光四射的斬擊攻向珠雫。

而珠雫則是站在起始線上，一步也沒動——

「〈障波水蓮〉。」

她使出伐刀絕技，打算以水之障壁防禦。

但這是不可能的。水這種導電物質，怎麼可能防得了雷——本應該如此，但珠雫的水流之牆卻不通電，完美阻擋了管的攻擊。

「什麼!?」

『雷、雷電居然無效！負責解說的折木老師，請問這是怎麼一回事呢!?』

『……咳咳！咳……那是，超純水呢～……』

『超純水？』

『對，大家都認為「水會通電」，不過那是錯的。水之所以會通電，是因為水裡混進了離子以及微生物等等，這些「不純物質」才是導體……水本身純度越純就越接近絕緣體……然後，當純度高達極限值就是……超純水。超純水無限趨近於絕緣體，無法導電。』

『喔……咦？那其他水屬性騎士怎麼不模仿她呢？』

『不是不模仿她，是做不到……要將離子大小的不純物質一顆不留地篩選出來，簡直像是在沙漠中找沙金，那是珠雫的魔力控制等級夠高，才能施展如此精密作業……要是其他騎士想模仿這種招式，腦袋會先燒、掉、呢。咳咳……不愧是，新生第二名……咳噗！』

『嗚哇哇！折木老師今天第三次吐血！您沒、沒事嗎!?』

『嗯，沒、沒問題，沒問題，打個針就可以止住了……啊～好舒服……』

『折木老師！折木老師！一邊打針一邊說這種臺詞NG啦！您真的沒問題嗎!?』

『沒事沒事……老師簡直是為了打這一針才體虛的。』

『老師！那完全是上癮了啦！』

雖然解說有點混亂，總而言之，就是電擊對珠雫無效。

管知道這點後——

「可惡，既然這樣，總之先暫時撤退……」

「你那雙腿要怎麼跑呢？」

「哇啊！怎麼回事!?管選手的腳被冰在地上了！這樣根本沒辦法逃！」

「!?」

「〈水牢彈〉。」

珠雫從〈宵時雨〉劍尖放出一顆水砲彈，直徑約有三十公分的水砲彈就這麼轟向動彈不得的管。

砲彈直接擊中管的臉，隨之包覆住他整個頭，靜止不動。

管伸手想把水牢彈抓下來，但那砲彈的本體是水。

液體不但抓不住，也甩不掉。

他拚命渴求空氣，雙手不斷抓弄，但他的手卻只是穿過水中——

「…………咕嚕…………………」

管終於用光了肺裡的氧氣，不停掙扎的雙手也無力地落下。

直到這時，珠雫才總算收起水牢，解放了管。

管在戰圈內倒下——同時，

「管茂信，失去戰鬥能力！黑鐵珠雫獲勝！」

裁判宣判比賽結果。

『比賽結束————————！由一年級的黑鐵珠雫選手獲得勝利！她以壓倒性的技術之差，無視屬性相剋，初戰告捷！』

「……也沒什麼呢。」

珠雫低語，看向觀眾席，一輝正為她的勝利高興地猛揮手，她也向他輕揮小手。

接著珠雫的視線移往訓練場的電子公布欄，她看了看顯示時間。

（…………另一邊也差不多結束了吧。）

◆

同一時間，第七訓練場——

這裡聚集的觀眾，比珠雫所在的第十五訓練場多上四倍。

這也無可厚非。

畢竟第七訓練場舉行的是——被譽為十年難得一見的天才異國皇女，一年級便擁有「稱號」的首席新生，史黛菈·法米利昂的公開初戰。

「上啊——！桃谷！」

「讓她見識高年級有多強！」

「近距離戰鬥你穩贏的！」

『加油席傳來好大的加油聲！〈重戰車〉桃谷選手！校內排行前十的人氣果真不是蓋的！他利用那少見的鎧甲型固有靈裝〈哥利亞〉，施展重力衝撞，至今已經將無數的騎士撞飛出場！今天是否也能見識到桃谷選手的絕技呢!?』

加油席的加油聲，主持人的期待。

全部都聚焦在一個身高近一百九的彪形大漢身上。

史黛菈的首戰對手，桃谷武士。

桃谷身穿的盔甲，由厚重裝甲層層交疊而成。他在起始線後方壓低身體，擺出準備衝撞對手的姿勢——不過他卻停在原地，一動也不動。

「桃谷怎麼了！快跟往常一樣撞飛她啊！」

「那傢伙連F級都打輸了！對你來說根本是小菜一碟啦！」

朋友、同學們起身鼓譟。

但是桃谷——

（………這種怪物，我怎麼贏得過……）

他看著眼前無限延伸的火海………全身毛骨悚然。

熾熱的烈焰禮服包裹住史黛菈。

火焰以她為中心，擴散到整個鬥技場。

〈妃龍吐息〉磷火四散、燃燒空氣。這股熾熱，就算相隔十公尺以上，仍傳進鎧甲之中。

桃谷直到面對面角力，才明白史黛菈那超乎常人的存在感（能量）。

桃谷看到眼前的景象不禁這麼想著。

跟這種人戰鬥，簡直像是自己跳進火山口一般。

「看來你跟你後面那些大吵大鬧的人不同，挺有自知之明的呢。」

史黛菈主動向一動也不動的桃谷搭話。

「……這場比賽可是『實戰』。你如果貿然衝過來，肯定不像〈幻想型態〉一樣只是痛一下就了事了。你好好想想吧。」

她完全瞭解自己的膽怯，以及膽怯的理由。

桃谷瞭解這點後——

「………我認輸。」

『居、居居居然～！桃谷選手從起始線一步也沒動就選擇投降！』

『哇哈哈！遜斃了——超丟臉的——不過真聰明～！』

坐在解說席上身穿紅色和服的嬌小老師見到桃谷的判斷，粗魯地大笑，說著不知道是褒還是貶的評語。

『聰明？請問這是什麼意思呢？西京老師。』

『廢話，怎麼可能贏得了那種怪物啦！如果人家叫妳現在自焚去死，妳辦得到嗎？辦不到啦～不過居然一步也沒動就投降，遜爆了——啊哈哈哈！』

『那、那個，西京老師，還請您慎選用詞……』

實況報導的女學生有點看不下去，繃起臉提醒她——

『哇哈哈。哇喔好恐怖！太可怕了，我還是快逃吧～』

名為西京的女老師慌慌張張地跳出解說席，揚長而去。

『啊、請等一下，西京老師！後面還有比賽……咦？她也跑太快了！真是的，到底是誰叫那種人來解說的啦！』

（……這位實況小姐還真是慌張呢。）

史黛菈無奈地嘆口氣，準備走出戰圈，而在她離開途中——

『呃～剛剛收到最新消息，第十五訓練場比賽的次席新生‧黑鐵珠雫選手也大勝三年級的管茂信選手了！』

史黛菈得知珠雫的勝利。

不過，史黛菈本來就不覺得她會輸給那種程度的對手。

『不過今年的新生太強了！不論是首席、次席，校內高年級的同學根本無法靠近她們！簡直是壓倒性的勝利！她們以毫髮無傷的完美勝利，在公開戰鬥的初戰告捷！果然今年的新生與眾不同！今年本校搞不好終於能夠奪下七星的冠軍寶座!?』

◆

「史黛菈，恭喜妳。」

選拔戰首日結束，一輝向回到宿舍的史黛菈道賀。

「…………哼、哼。對我來說這點程度不算什麼。」

雖然史黛菈口氣跟平常一樣高傲，但是看她鼻子抽動的模樣，應該是很高興吧。

「聽說你們根本沒打起來呢。」

「我故意燒得比平常還要烈啊。」

「我也滿想去看的，真可惜。」

「……我才覺得可惜呢。」

「嗯？妳說什麼？」

「沒、沒什麼！誰叫我這次的比賽時間跟珠雫相撞，不過，下次你一定要來喔！」

「嗯，這是當然……不過妳好像回來得有點晚？」

「比賽太輕鬆了，體力整個多得不像話，所以我就在體育館運動了一下才回來。」

「這樣啊……不過太好了。珠雫、史黛菈，還有艾莉絲都贏了。」

珠雫的比賽結束後，有栖院也在第十五訓練場舉行對戰，僅用十秒就解決E級二年級生。

艾莉絲的能力明明不適合對戰，還能做到這種程度，難怪會與次席新生同寢。

「我在解放軍的事件中，見識過艾莉絲的力量，雖然沒什麼攻擊力，攻擊方式卻很刁鑽。史黛菈碰上那種暗殺系，搞不好會意外難纏。」

「不管對手是誰我都不會輸。是說……一輝沒有那個閒情逸致擔心別人吧？」

「啊哈哈，也是啦。」

一輝苦笑，將視線轉回電視螢幕。他直到史黛菈回來之前，都一直在看電視。

裡面是某個學生騎士的比賽內容。

不是其他人，正是一輝明天的對戰對手，桐原靜矢。

「你還在看那傢伙的影片？你不是從昨天開始就一直在看了。」

「嗯。我想趁現在抓到他的攻擊節奏。」

這段影片是一輝特地跟新聞社社長・日下部加加美要來的。

去年七星劍武祭第一戰的對戰影片。

比賽影片相當詭異。桐原繞著順時針，單方面攻擊站在原地不動的對手。對手則是一頭霧水地環視四周，只能眼睜睜地看著桐原射出的魔力箭矢貫穿自己，流血倒地。

明明桐原就站在他的眼前，他卻呆呆地站著，毫無抵抗。

為什麼？

答案很簡單——對戰對手根本看不到桐原。

〈獵人之森〉，不只是氣息跟味道，連身影都無法以肉眼捕捉，將自身存在徹底抹消的隱形迷彩。這就是他的固有靈裝〈朧月〉的能力，實在很麻煩。」

「……這個男人的戰鬥方式，我不管看幾次都覺得不舒服呢。」

史黛菈用鄙視的眼神看著電視畫面。

一輝明白她的感受。

這段比賽內容令人非常不愉快。

不如說，根本稱不上是比賽。

這是一場狩獵。獵人待在安全的地方，無情射穿獵物。

「不過他的強還是有他的道理。實際上，他在這整年度所有比賽當中，利用這樣的戰鬥方式，毫髮無傷，且未曾輸過。桐原同學，真的很強。」

「……太奇怪了，這傢伙去年明明有參加七星劍武祭，他卻沒有成為『七星劍王』。那他還是輸掉比賽了吧？」

「他是在第二戰時戰敗，但那是因為他棄權。」

「棄權？」

「桐原同學絕不跟能破解〈獵人之森〉的人比賽。〈獵人之森〉雖然很強，但有一個穩紮穩打的攻略方法，那就是『大範圍攻擊』。只要桐原同學的對手能夠攻擊整個戰圈，他就絕對不會上場。例如史黛菈，妳就可以把整個戰圈變成火海。」

「對喔。只要攻擊整個戰圈，不管他有沒有變透明。」

「沒錯。所以假如對手是史黛菈的話，他絕對會棄權。他的戰鬥方式實在不像騎士，所以他的稱號才會是〈獵人〉。」

「……哼！稱號未免取得太好聽了。只跟能大獲全勝的對手比賽，還刻意凌虐對方……叫他弱雞就夠格了。」

若只是待在安全的地方就算了，他的能力本來就是這麼使用。可是，他卻像現在放出來的影片這樣，特意避開會造成致命傷的地方，徒增對手痛楚。史黛菈對於桐原這種做法，她光看就想吐。

「不過……我總算瞭解，為什麼一輝會說他是最糟糕的對手。」

「對吧？他對我來說，根本是天敵。」

目前來說，倘若想攻略〈獵人之森〉，就必須要有大範圍攻擊技。

一輝沒有那種技能。

一輝確實有著卓越的劍技。

千錘百鍊的肉體，以及高超的體術。

但是無論如何，他的攻擊距離都只有「近距離」。一旦對手是「人」，他的攻擊範圍便顯得太過狹小。

而桐原的固有靈裝〈朧月〉是弓箭型態，屬於遠距離武器。

一輝絕對無法搶得先攻優勢。

最大的問題是，一輝的壓箱技〈一刀修羅〉，一天只能使用一次、一次只有一分鐘，時間限制相當嚴峻。一旦對上這種強化迴避的能力，真的相當不利。

「…………一輝，你真的沒問題嗎？」

螢幕上的畫面，醫療組正用擔架把對戰選手抬出去。

史黛菈一想到明天躺在那裡的很可能就是一輝，忍不住擔心地開口問道。

「妳在擔心我嗎？」

史黛菈聽見一輝不假思索的回問，頓時滿臉通紅。

「我怎麼可能擔心你！我擔心、我擔心的是，你要是輸了，我就得當他的女朋友不可啦！雖然我不喜歡當你的僕人，我更不想當那種卑鄙男的女友！」

「那個賭約是史黛菈擅自訂的，我可負不起這個責任啊。我明明就阻止過妳了。」

「嗚……因為…………他居然敢看不起一輝，人家很不甘心嘛。」

「嗯？因為……妳說什麼？」

「沒、沒事啦！」

史黛菈鼓起臉頰，別過頭去。

雖然史黛菈講得太小聲，一輝沒聽到她的真心，但是——他很清楚，史黛菈希望自己能贏。所以——

「……雖然我不想要他的道歉，但是我也不希望因為我輸了比賽，而害史黛菈被看不起。既然如此，我就非贏不可。」

「你有對策嗎？」

「有。」

一輝毫不猶豫地回答。

「我已經想到攻略方式了。」

對手是一輝當年的「首席新生」。

這名強者以強勁過頭的能力立下實績，一年級便被選為七星劍武祭的參賽選手。

但再怎麼說，他也只到第二戰就戰敗了。

一輝如果連那種人都贏不了的話，更別說要登上騎士的巔峰。

七星劍武祭的參賽權，是從選拔戰中選出前六名。

從前班導折木曾經說過，每人約有十場以上比賽。如果以她的話為基準，保險估計約有二十場來計算，至少也有數位騎士是保持無敗的戰績，只要輸了一場，大概再也沒機會參賽了。

絕對不能輸。

只要一輸，從以前到現在的忍耐全都會功虧一簣。所以，他發誓。

「我絕對會贏。」

一輝以不同於以往，異常堅定的口吻發誓。不是對任何人，而是對自己發誓。

史黛菈聽見一輝堅定的語氣，相當滿足。

其實今天……在史黛菈回到這間房間之前，被某個人叫住。

那是剛結束第一場對戰的有栖院凪。

他很擔心一輝，不知道他第一次參加正式比賽會不會很緊張。

不過，看這樣子應該是沒問題。

一輝精神抖擻，不帶任何遲疑。

所以沒問題。一輝有多強，史黛菈是最清楚的了。

「那就好。湯匙都扔了，現在非贏不可。」（註7）

「擅自幫我扔那種東西也只會徒增困擾啊。」

史黛菈的日文相當流利，但是諺語跟文化的知識上總有些怪異解釋，切腹那時也是。

「一輝，那我們也差不多該去吃晚餐了吧？我肚子餓了。」

「也是，影片也看很久了，走吧。」

「日本人在這種時候都會吃豬排咖哩對吧？」

「……呃、不會，應該沒有那種習俗。我就跟平常一樣，吃烏龍麵就好。」

註7　史黛菈應該是要幫一輝打氣，卻誤說成日本諺語：「匙を投げる」（放棄吧）。

兩個人一起走出宿舍房間，前往食堂。

就這樣，比賽前一日也一如既往地結束了。

◆

「對不起……黑鐵。我已經，沒辦法跟你當朋友了。」

「────!?」

天還沒亮，一輝就從夢中驚醒。

他夢到非常、非常糟糕的夢。

一輝鬆開下意識緊握的拳頭，掌心滿是手汗。

（……為什麼事到如今，還會夢見去年的事？）

一輝的腦海中，不斷迴響著那語帶抱歉的低喃。

他完全睡不著了。

（……離晨跑的時間還有點早。）

一輝打算自己頭腦冷靜一下，他不想吵醒熟睡的史黛菈，小心翼翼地爬下上鋪，走出房間。

季節正值四月底，略帶寒意，但對於一輝汗流浹背的身體來說，溫度適中，感覺相當舒服。

「真是的，為什麼事到如今又想起來了呢？」

一輝身旁沒有任何人，這只是單純的自言自語。

只不過，一輝自己也不知道為什麼會夢到那件事，疑問不由得脫口而出。

「聽說要是跟那傢伙太要好，會被理事長盯上喔。」

不知從何時開始，四周有了這種傳言。

唯一一名不被允許上實戰課程的學生。名義上是「由於能力不足，太過危險」，但只要看過當時老師們的態度，誰都知道那只是場面話。

「跟一輝扯上關係的話，學歷調查書（註8）的評價會變差。」

一旦有這種傳言，自然而然大家就跟他保持距離。

「……………說起來，差不多就在那附近吧。」

一輝從宿舍走廊窗邊往中庭看。

下方是草坪翠綠的廣場。

等到所有人都相信那個傳言，除了室友以外，所有人跟一輝保持距離。當時，一輝在中庭吃午餐的時候，一個意想不到的人找他搭話。

註8　學歷調查書：原文為內申，指的是日本國高中生申請學校時，校方用來評斷學生的履歷書。

那個人的名字叫做：桐原靜矢。

一輝那一年的「首席新生」，並以一年級身分出賽「七星劍武祭」的超新星。

老實說，一輝從那時開始，就對那個男人沒什麼好感。

一般的學生雖然會遠離一輝，但不會特別攻擊他，可是桐原不一樣。他不是直接攻擊，而是刻意用一輝聽得到的音量，在教室跟群繞在身旁的女孩子們說他的壞話，並放出不利於一輝的謠言，惡整他很多次。

他為什麼要這麼做？

一輝不記得自己有惹到他。實際上，桐原應該也不是對一輝有什麼恨意。

不過是因為一輝那時候是無人會伸出援手的狀態，四周蔓延著一種氣氛，似乎對一輝做什麼都可以，而桐原正是會對那種人更加不留情地欺壓霸凌。僅此而已。

那種人竟然主動找自己搭話。

一輝想也知道不是什麼好事。接著，就如同他所料，真的不是什麼好事。

「你這麼聽老師的話——一輩子也沒辦法讓老師認同你的實力吧？你不如現在就在這裡跟我來一場決鬥吧。」

要是跟能出場七星劍武祭的自己一較高下，老師們也不會說一輝能力不足。桐原提出這種提議，彷彿是在擔心一輝似的。

但一輝不可能接受這個提議。

雖然是在校內，但只要沒有經過教師許可，任何的戰鬥都會受到懲罰。而一輝只要有那麼一點違反紀律，跟黑鐵本家互通有無的理事長絕對會滿心歡喜地對一輝處以退學。

桐原正是看準了這點。

那時廣場上有好幾個老師的氣息。

全都是理事長的親信，他們沒給一輝好臉色看過。

桐原的後盾恐怕就是他們。

一輝瞭解這點，拒絕提案準備轉身走人。那時——

「別這麼說嘛。我身為同班同學，可是很擔心你啊！」

桐原用固有靈裝〈朧月〉的箭矢就這麼刺進了一輝後背。

一輝並沒有同意決鬥，甚至沒有拿出固有靈裝。但桐原還是這麼做了。

一輝訝異的不只是桐原的行為，還包括周遭居然沒有任何一個人阻止他。

無論是附近的學生，或是偷偷觀察狀況的老師們。

「那時候真的嚇了一跳啊……」

一輝第一次如此明白自己的立場。

他也是第一次清楚品嘗到自己的孤獨。

尤其是老師們。他們大概期望一輝能夠受桐原的挑釁開戰吧。

對他們來說，既然黑鐵本家要求不讓一輝成為職業魔法騎士，最好的結果就是一輝退學。

一輝當然也明白這點。所以就算他被桐原射了幾十箭，他都沒有喚出〈陰鐵〉。甚至是「迴避」都可能被解讀成具有敵意，所以他連躲都不能躲。

一輝只能隨桐原高興，讓箭矢不斷貫穿他的身軀，他當場失去意識……也因為監視攝影機證明一輝毫無敵意，所以他沒有受到處罰。

但是，單方面攻擊的桐原，也只是被處以「嚴重警告」這種名目上的懲罰，很明顯他打從一開始就跟理事長私下談好了。

「……越回想越覺得，那一年真是有夠悲慘啊。」

霸凌不只有這麼一次，不但越來越激烈，也越來越陰險。

一開始也有不少學生同情一輝的際遇，但他們漸漸地被老師跟桐原營造出來的氣氛吞噬，也逐漸對那種畫面習以為常——直到最後，一輝身邊那唯一一名室友，同時也是最後一個朋友，也強忍痛楚，拋下了一輝。

一輝沒有絲毫怒意。

但一輝卻清楚記得，那時自己對他的歉意，讓內心如撕裂般疼痛。

一輝從那之後就再也沒有跟室友說過話。

對方沒有主動跟自己搭話，一輝也盡力無視對方。

他很溫柔，要是一輝跟他搭話，他大概也不忍心視而不見。

直到他順利升級，而一輝留級，兩人便再也沒有見面了——

「不過，為什麼如今還會做那種夢呢。」

明明一切都是過去式了。

一輝早就不在意了，若不是今天夢到，他根本不會去想起來。

那為什麼……果然是因為跟桐原說話的關係嗎？

（算了，搞不懂的事再怎麼想還是搞不懂。）

而且那件事與現在毫無關聯。

前理事長離去後，一輝面前已經不存在任何阻礙了。

之後只要拿出成果就好。沒錯，僅此而已。

突然，一輝的側臉感受到溫暖的光線。

從宿舍窗戶看出去，街影的另一頭透露出一抹如棣棠花般豔麗的金黃色。

那是代表黎明的朝陽。一輝瞇起眼，確實感受到了。

決戰之日即將開始——

今天，一輝的一切即將接受考驗。

◆

選拔戰期間，只有上午需要上課，下午到傍晚都是選拔戰。

一輝的比賽時間在下午一點半，算是比較早了。

這個時間午餐也不適合吃太飽，因此一輝只簡單吃了營養午餐提供的果凍食品，就跟史黛菈、珠雫還有有栖院一起前往自己的比賽場地，第四訓練場。

一行人抵達時已經到了下午一點，場上正在進行上一組的比賽。

出場者要在比賽前十分鐘到準備室待機，現在距離準備時間還有二十分鐘。

留在觀眾席跟朋友稍微看一下比賽似乎也不錯。

史黛菈跟珠雫原本是這麼打算，不過一輝——

「雖然還有點早，不過我先去準備室了。」

「咦？你不在這裡看其他人的比賽嗎？」

「嗯。我現在想集中在自己的戰鬥上。」

一輝已經把自己調整成最適合跟桐原對戰的狀態。

他不想因為看了別人的比賽，打壞自己的步調。

「那麼，我走了。」

「哥哥，請務必要贏，我相信您。」

「昨天也說了，你都贏過我了，要是打得太不像樣，我可不饒你喔！」

「……小心點喔。」

一輝點點頭回應三人的三種加油，走向準備室。

「一年一班・黑鐵一輝同學。確認完畢了，學生手冊還給你。」

準備室外頭的櫃檯前，女職員將一輝的學生手冊拿到面前的機器前一掃，做好賽前確認手續，便把手冊還給一輝。

「由於本次是初戰，由我為您說明『選拔戰』的規則。本『選拔戰』採用與七星劍武祭同樣的實戰形式，是一對一決鬥。無時間限制，可棄權。採用實戰型態，不使用〈幻想型態〉，因此根據不同的戰鬥情況可能會有生命危險。當然，為了以防萬一，比賽場地設有多位老師及職員，根據狀況裁判也可能會強制終止比賽，不過仍無法保證學生們絕不會意外身亡。如果您充分理解以上事項，願意自行承擔後果的話，請點下手冊螢幕上的『願意』，相反的話請點『不願意』。但請務必記得，只要點下『不願意』之後，下次抽籤就會自動剔除你的名字，再也無法參加『選拔戰』了。」

一輝毫不猶豫地點下「願意」。

「呼哈哈～沒有半點遲疑，真有男子氣概呢～小夥子♪」

「？」

突然傳來一個帶著戲謔的嗓音，一輝回過頭，背後站著一名嬌小女性，她身穿繪有櫻花的白底和服，配上刺眼的火紅羽織外套。

© Won

不合身的寬鬆和服，加上稚氣的臉蛋，給人相當年幼的感覺。但她不是學生，一輝認識她。

「西京寧音小姐……對吧？」

「哎呀～？你知道妾身的名字？」

「去年代表日本參加奧運、又是ＫＯＫ頂級聯賽選手〈夜叉姬〉，這所學校無人不知。」

所謂「ＫＯＫ」是指伐刀者的格鬥競技「King Of Knigths」。

這是現在全世界最受歡迎的運動比賽，一年的播放權利金超過三兆日幣。

西京寧音正是活躍於這項競技頂端的頂級聯盟，號稱東太平洋最強的當紅選手，只要是學生騎士都會認得她的名字。

還有，她也以私生活過於糜爛聞名，經常成為八卦節目的話題之一。但是這可不能當著本人面前說出來。

「不過，為什麼當紅的現役選手會在這裡。」

「黑鐵一輝……妾身當然是來看你的囉～」

「我？？」

「對～聽說小黑啊……啊，妾身是指新宮寺——小黑很關注某位Ｆ級騎士，妾身就來看看他是什麼模樣了。」

「這樣啊……可是我記得學園禁止校外人士進入。」

「沒～問題。小黑把派不上用場的老師們革職後，學校人手不足，看在同期的份上，妾身有空就會來幫忙。妾身也是有教師執照唷。」

「啊啊，原來是這樣。」

一輝也知道，黑乃就任理事長後，馬上把跟前理事長同夥的大量教師群全部革職，所以很快就接受這個理由。

「然後妾身也想順便偷偷品嘗一下年輕小燕子……啊，這是祕密。剛剛的話就當妾身沒說過喔。」

「我、我會當作沒聽到的。」

「呼哈哈，妾身喜歡善解人意的男人喔，小夥子。還有，妾身也很喜歡勇敢的男人喔。伐刀者在成為國中生(Senior)之前，不管什麼樣的戰鬥，都有義務使用〈幻想型態〉，所以很多學生會在這種最後關頭踩煞車對吧？」

只要是實戰，一定會出現流血場面。

以一輝眼前的西京為例，她所參加的「KOK」戰，也經常出現手腳被砍飛的畫面。雖然那種傷只要使用 iPS 再生槽就可以完美痊癒，但人類的手腕被斬斷的場景還是相當震撼，新生若是把自己代入畫面中的傷患，會退卻也是無可厚非。

「可是你不但不怕，決定參賽時，連一咪咪猶豫都沒有，超帥的～」

「當我決定成為魔法騎士時，就已經很清楚這點了。」

「清楚歸清楚，不過膽怯可是人之常情呢。不愧是小黑特別關注的人……而且仔細一看長得滿可愛的嘛——吶，小夥子。」
兩人原本間隔約有兩公尺遠，突然一瞬間歸零。
「誒？」
一輝嚇了一跳，對方什麼時候撲進他懷裡的。
西京小鳥依人地窩在一輝胸口，鳳眼微微向上誘惑著他。
「怎麼樣，今晚要不要來妾身的房間進行特別課程——」
「妳這傢伙，在對我的學生做什麼？」
這時，西京後頸傳來凶狠無比的語氣。
說話者是皺起眉，身穿西裝的女性：理事長・新宮寺黑乃。
「嗚哇！嚇妾身一跳～討厭啦，小黑。怎麼突然站在人家後面嘛，妾身差點就要下手殺掉妳了。」
「妳怎麼可能殺得掉我。比起那個，妳在這裡做什麼？我記得妳是負責第四訓練場的解說吧？」
「啊～嗯。可是比賽實在沒什麼看頭，妾身太閒了～所以就來採個花，順便來鑑定一下小黑中意的孩子。」
「我、我才沒有特別中意他！」
黑乃在矮小的西京頭頂給了一拳後，似乎有點害羞。她用少見的神情重新轉向一輝。

「抱歉，黑鐵。害你被奇怪的傢伙纏上，打亂步調了。」

「不、不會。只是嚇一跳而已，別介意。」

「我現在就把她帶回去，你別介意她的胡言亂語。喂！妳這個會移動的公然猥褻罪，回妳該去的地方！」

「啊～啊～妾身知道了啦，不要拉妾身的和服嘛，這很貴的耶～」

西京就這樣被黑乃拖走。

雖然一輝可以直接目送她們離開，但他最後還是補上一句。

「剛剛的提議，容我婉拒了。我已經跟大家約好，今天晚上要舉行慶功宴。」

言外之意就是，自己絕對會贏。

「呼哈哈，既然有約了就沒辦法囉，可惜呀、可惜。那麼相對地，你比賽要打得精彩點，別讓妾身覺得無聊唷。小夥子的比賽是我負責的呢。」

西京從過長的袖口伸出纖細的食指指向一輝，露出一抹微笑後，輕快地踩著木屐跟隨黑乃逐漸離去。

（她到底哪些話是認真的呢……真是難以捉摸的人。）

不過，一輝全身都能感受到她的強大。

（……她剛剛到底是怎麼靠近的？）

一輝從沒遇過有人能那麼流暢就滑進自己懷裡。

那個應該是某種體術，是古代武術系的其中一種步法。雖然不太懂個中奧妙——

「……糟糕，現在必須專注在眼前的比賽上才行。」

一對上眼，便能不知不覺地逼近對方。

雖然一輝對這項技術很感興趣，但恐怕不是那麼輕易就能重現。

既然如此，現在就該放到一旁。

眼前還有重要的比賽。

一輝重新轉換心情，踏進準備室。

準備室內非常樸素，只放了幾個置物櫃跟長椅，以及貼在牆上的全身鏡。

但是裡面卻有扇小門，正釋放出異常的壓迫感。

在那扇門的盡頭，正是自己正式初戰的舞臺。

(……總算來到這裡了。)

為了邁向七星劍王，踏上學生騎士頂點的第一步。

來到這裡之前……發生了不少事。

家族、時間、朋友……一輝失去很多東西。

即使如此，他仍努力不懈地前進，才走到今天的這個瞬間。

桐原與自己的戰鬥，正在這扇門的另一頭等著自己。

至今的自己是有意義的，抑或——全部都是毫無意義。

試煉的瞬間即將——

噗　通　。

這時，心臟很突然地，非常唐突地，猛然跳動了一下。

「咦——」

（這、個是…………怎麼回事。）

眼前的一切模糊了起來。

色彩彷彿被水渲染般的朦朧不清，很不舒服。

自己的身體到底怎麼一回事？到底發生什麼事了？

不懂。

雖然一輝不懂——但是他的喉嚨異常乾渴。

水。要趕快喝水——

一輝想到這點，動手轉開自己帶進來的寶特瓶。

但是，手卻不聽使喚，寶特瓶掉到地上。

滾落在地的瓶蓋、傾倒溢出的水，弄溼了鞋子。不快擦乾不行。用什麼？擦什麼？不對，比起那個，喉嚨好乾——

『一年級・黑鐵一輝同學。二年級・桐原靜矢同學。比賽時間已到，請入場。』

「!?」

廣播的聲音，將一輝的意識拉回現實。

一輝趕緊看向時鐘，時刻已經來到一點半。明明自己有提早來的說——

(自己究竟在這裡呆站了幾分鐘……)

「嗚………」

(我該不會在緊張吧…………?)

一輝按著胸口，不斷告訴自己：冷靜下來，冷靜下來。

他從影片中已經完全抓到對方的呼吸節奏。

敵人弓箭的力道、角度、移動偏好，全部都分析過了。

自己已經看穿如何破解桐原的伐刀絕技〈獵人之森〉了。

透過多次的模擬戰鬥，身體也知道該如何反射動作了。

沒問題的，把理所當然的事，理所當然地做出來就好。

然後贏得勝利。

只要贏了，忍耐至今的苦楚都能得到回報。

絕不讓過去的一切化為泡影！

一輝不斷鼓勵自己，強壓下開始狂跳的心跳，打開前往戰圈的門扉。

◆

『第三場比賽結束，緊接著將舉行今天的第四場比賽，現場湧進大量觀眾！這場比賽果然相當吸睛！接下來就繼續由我，播報社的月夜見，以及負責解說的西京寧音老師為大家現場轉播。

那麼馬上為大家介紹備受注目的選手們！去年以一年級身分贏得七星劍武祭的出賽權，並在第一戰就以一面倒的戰局，擊敗被看好足以角逐七星劍王之一的文曲學園三年級生。他同時也是去年的首席新生！絕不冒險、也絕不放過能贏的對手。他貫徹這份理念，至今所有正式比賽、交流賽都以『毫髮無傷』告捷，因此得名〈獵人〉！七星劍武祭代表選手最有力的候補之一！二年級‧桐原靜矢選手！』

戰圈上的桐原配合播報員的現場實況，舉手示意。

觀眾席上頓時陶醉的尖叫聲四起。

『不愧是桐原選手，玉樹臨風的外貌大受女性歡迎！』

『人家喜歡野性一點的男人說～』

『西京老師，沒人在問妳的喜好。』

『醬子呀。』

月夜見可能還對放棄職責逃跑的西京老師有所怨念，隨便敷衍一下西京後，便繼續介紹選手。

『接下來，今天要與這位〈獵人〉對戰的居然是F級騎士！但是別輕敵，他可不是普通的F級！我想在場的各位應該也都知道，這位黑鐵一輝，居然在模擬戰戰勝了A級騎士〈紅蓮皇女〉史黛菈・法米利昂！那支影片中的強悍是貨真價實的嗎？還是人如其名，只是單純的〈落第騎士〉呢!?埋藏在他身上的力量將在今天呈現！一年級・黑鐵一輝選手！』

一輝聽見主持人介紹自己，輕輕點頭回應觀眾。

（好多人…………）

第一次在這麼多人面前戰鬥。

總覺得，靜下不心。

一輝從剛剛開始，身體就彷彿不是自己的，生理跟心理無法合而為一。意識也朦朧不清，沒辦法順利思考。

「沒想到你居然真的敢上場。」

一輝還在疑惑身體狀況突然陷入泥沼，桐原就逕自說起來了。

「先前明明還不顧我的關心落荒而逃。」

「……現在情況不一樣。」

「是嗎？反正怎樣都好。不過既然你都站在這裡了……我可以當作你做好足夠的覺悟了吧？」

「事到如今，還需要多說嗎？」

「不必。」

簡單寒暄幾句，兩人站上起始線。

「來吧，〈陰鐵〉。」

「狩獵的時間到了，〈朧月〉。」

雙方喚出自己的固有靈裝。

一輝右手握住通體黝黑的鋼刀，桐原則是手持翠綠長弓。

『那麼今天的第四場比賽，正式開始！』

比賽的槍聲響起。

同時，桐原的身影從場上消失。

『喔！桐原馬上出招了！〈獵人之森〉!!桐原選手只要用上這招，就再也沒有人能用肉眼找到他！』

『真是麻煩的能力呢～假如沒有大範圍攻擊，恐怕拿他沒辦法吧～』

『是的，去年七星劍武祭，在第一戰跟桐原選手對上的文曲學園三年級，他最擅長的就是近距離一擊必殺，但由於他並沒有大範圍攻擊技，使得戰況一面倒。黑鐵選手是否擁有大範圍攻擊技呢！這將是左右比賽最重要的關鍵！』

獵人藏身於蒼鬱之森，暗中對準獵物拉滿弓。

如今已無法捕捉到他的身影。

因此也沒有任何人可以阻止他的射擊，原本空無一物的空間中，魔力之箭突然顯現，瞄準一輝的死角，射穿背後！

——本應如此。

「在那裡！」

『打掉了！黑鐵選手，竟然用刀將無形的敵人所射出來的箭給打掉了！』

『不，沒那麼簡單，妳看。』

如同西京所說，一輝不只是擊落從死角攻來的箭矢，他立刻一個半旋身，筆直衝向空無一物的空間，那正是箭矢飛來的方向。

桐原的身影的確是消失了，但是——箭矢另當別論。

（可以從箭矢飛來的地方推測弓箭手的位置，這就是〈獵人之森〉的弱點！）

只要看破箭矢出現的瞬間，就能夠找出他的位置。

從射擊出來的方向、箭矢的速度與角度，就可以推算出距離。

這就是一輝攻略〈獵人之森〉的方法。

「喝啊！」

一輝對準應該在那裡的敵人揮刀。

但是刀刃劃過空氣，從空無一人的地方飄下一片制服的碎片。

「呼……真危險。我明明一開場就隱藏起來，加上死角而來的攻擊，沒想到你還是能看穿我的所在位置，真是驚人的集中力。那就是所謂的心眼？」

「這招並沒有那麼了不起。」

桐原的聲音受到〈獵人之森〉的影響，抓不準距離跟方向。一輝則是謙虛回應。

只是禮貌歸禮貌，一輝已經抓到手感了。

（這樣就行了！）

雖然比賽前突然狀況不佳，讓他一時之間慌了手腳。

不過事先想好的〈獵人之森〉攻略法相當準確。

下次絕對要抓到他。一輝憑著這個氣勢，集中注意力，準備迎戰第二箭。

「喔～喔～好可怕的眼神喔。怎麼能這麼瞪著過去一起度過相同歲月的同班同學呢？」

「當然，現在正在比賽中。」

「喔～也就是說，你覺得你贏得了我嗎？」

「…………如果不是的話，我就不會站在這裡了。」

「……呵呵，哈哈哈！的確呢……想說你留個級，應該就能看清自己的處境了，看來笨蛋果然沒藥醫啊。你根本一點也沒變，跟那時候一模一樣。真的──真的讓人非常不愉快。」

桐原的聲音蘊含著殺意。

一輝預測，桐原差不多準備射出第二箭。

一輝為了應付不知會從哪裡射來的箭，他集中注意力、知覺宛如蜘蛛網一般展開。

「如果你這麼不愉快，就將殺氣集中在箭裡射出來吧。我會一支不漏地全部擊落！」

一輝一邊挑釁，更專注集中精神。

一輝在感覺到下一箭的瞬間，就會使出〈一刀修羅〉，絕不給他喘息的時間。

就在這裡一決勝負！

「呵呵……充滿鬥志嘛。黑鐵同學的劍術的確非常精湛，這點我承認。可是那種小手段只適用於**沒有能力的雜碎**身上。對於伐刀者，對於被選上的新人類來說，『能力』才是一切！區區F級，不過只是雜碎身上長出一根毛罷了，你以為這樣就能破解我的〈獵人之森〉了嗎？」

「不試試看怎麼知道。」

「對～你說的對～所以現在開始——就讓你嘗嘗看。」

這時，一輝的右大腿突然開了一個洞，鮮血噴濺。

「——嘎？」

毫無預警。

一輝的右大腿彷彿被熱鐵烙印般地痛楚，鮮明地刺進一輝的神經。

「嗚、啊啊！」

毫無心理準備的劇痛，使一輝發出慘叫。但是比起疼痛，一輝更加驚訝。

（發生什麼事了!?）

一輝專注集中的精神，處於能夠應付任何攻擊的狀態。

既然如此，為什麼自己會受傷？一輝勉強鎮定住混亂的意識，看向突然開了個洞的大腿。

「！」

仔細一看，有些鮮血不自然地浮在空中。

似乎黏著在某種透明物體上。

一輝伸手握住，手裡確實感覺有握到東西。那是觸感細長、具有質量的魔力。

「該、不會…………！」

腦中一閃而過最糟的情形，而那也是不容質疑的現實。

「就如你所想，今年的〈獵人之森〉連我射出來的箭都可以透明化。懂了嗎？也就是說，我的攻擊是直到被射中才能察覺！」

◆

「這下糟了呢。」

觀眾席上看比賽的有栖院深鎖眉頭。

「嗯……哥哥是以射過來的箭為標的，去設計進攻方式。但是……現在對方卻從根源去破壞這點。假如連飛過來的箭都無法察覺，別說反擊了，連防禦、迴避都辦不到……」

「不愧是去年的七星劍武祭參賽者。攻守滴水不漏。真是誇張的能力。」

「不對！」

史黛菈突然強硬地打斷有栖院的話。

「史黛菈？」

「雖然我也很訝異〈獵人之森〉變成這麼犯規的招式，但是問題不在那裡！更嚴重的是……一輝的樣子不太對勁！」

「哥哥不太對勁？」

「對！為什麼他沒有在一開場就速攻解決！明明知道敵人會消失！那麼在敵人絕對會在起始線上，比賽剛開始的那個瞬間，馬上決一勝負不是最保險的嗎？」

珠雫聽完，無奈地小聲回應。

「妳啊，從上次恐怖分子的事件中，什麼都沒學到嗎？同為伐刀者，不經思考就衝上去簡直就是自殺行為。哥哥的劍是先觀察、再竊技。妳不也敗在這上面了？」

但是，史黛菈搖頭否定。

「不對……一輝的確是會先觀察敵人，然後穩紮穩打的贏取勝利。但是……這次的敵人會消失耶!?光是要不斷集中精神在看不到的敵人的攻擊上，一輝會消磨到什麼程度!?」

「！」

這麼一說，珠雫這才驚覺。

不知從何處對準自己的攻擊，身處這種情況下的緊張感。

不知何時會飛射過來，必須無時無刻戒備的壓力。

那種疲勞會異常的大。

沒錯，這場戰鬥如果打消耗戰肯定是下下策。不如在多少還能把握對方位置的開場速攻，乍看之下雖然魯莽，但其實是最好的選項。

「那、為什麼……………」

在史黛菈咬牙吞下下一句「沒有在開場速攻？」」，有栖院回答了。

「他不是不做，而是沒辦法做。」

「不可能！一輝不是無法察覺這種理所當然的事的騎士！」

「所以說，一輝鬥志高昂到連這種理所當然的事都沒辦法察覺。」

「騙人……！因為完全看不……！」

還沒說完，史黛菈頓時語塞。

真的，是這樣嗎？

——「我絕對會贏。」

現在仔細想想，一輝那時候的態度有點奇怪。

他是那種會在決鬥前說出「絕對」的人嗎？

至少，他跟自己決鬥的時候不一樣。

「不過，是輸是贏也要打過才知道。」

雖然一輝志在必勝，但是他也萬分明白，勝負無常。

該不會，那句話是……他想逃避「無法不去試想自己輸的可能性」的這股壓力，他拚命地想要忽略這件事，而勉強自己擠出的話語。

「……看來妳似乎心裡有數呢。不過史黛菈，不用自責。這也是沒辦法的事。畢竟連本人都沒自覺。」

「連本人都？」

「對。一輝太習慣受傷了，而聽不到自己內心的悲鳴。但是，人家一想到他為了走到這場『正式比賽』，究竟吃了多少苦，反而會覺得，如果他還能保持平常心，那才是奇蹟。」

「！」

一輝至今所吃的苦。史黛菈想到這點，便無從否定了。

不被任何人理解、不被任何人支持、被不合理否定的一年——不，甚至是更久的歲月，支持他隱忍度過的，是深信機會絕對會到來的那股信念。

但是同時……那個機會也是考驗他所有一切的試煉。

只要輸了，全部都會化為泡影。

長久的苦難，將會變成白費功夫。

這麼重要的一戰，對手的能力好死不死居然是一輝的天敵——

（這樣，怎麼可能不緊張……！）

層層堆疊的重壓。

怎麼可能還能保持平常心？

一輝肯定會強忍不安啊。

（為什麼沒發現這種事，我明明就在他身邊……！）

現在後悔也為時已晚。

如同有栖院的擔憂，一輝日積月累的壓力，在最糟的情況下爆發了。

「總而言之……箭矢這個線索消失後，一輝現在已經無法對藏身於蒼鬱森林中的〈獵人〉反擊。妳們要做好心理準備，接下來眼前上演的不在是比賽。而是單方面的……『狩獵』。」

◆

『……好過分……………！』

比賽開始十分鐘。擔任實況轉播的月夜見不由得語塞。

她盯著鬥技場上，四肢染滿鮮血的一輝用劍當拐杖，勉強站著。

從桐原的箭矢消失後，一輝失去攻擊手段，戰局呈現一面倒。之所以到現在還沒分出輸贏，是因為一輝中箭的地方都是手腳，完全避開了致命傷。

這是同情嗎？

不，並不是。看到這個場面的人能夠確定這點。

這是〈獵人〉在玩弄獵物。

「西京老師……！繼續比下去也沒有意義！求求妳，請中止比賽吧！這真的太殘忍了，讓人看不下去啊！」

戰況過度一面倒，月夜見忍不住關掉麥克風，拜託身旁的西京。

「…………」

但是西京沒有理會她。

她只是一改先前難以捉摸的待人處事，現在正用認真得可怕的神情注視著戰圈。

「……！」

月夜見只能無可奈何地繼續報導實況。

『……黑鐵選手打落桐原選手的第一箭，表現出獲勝的可能性，但從第二箭開始「看不見的箭」後，他再也沒有做出反應。比賽呈現一面倒的狀態。可是，黑鐵選手尚未認輸……！是不是，還藏有一手呢……！』

（怎麼可能有呢……）

一輝聽到實況，無奈苦笑。

沒有其他策略，一輝設計拿來對付〈獵人之森〉的策略，從第二發就被推翻了。

（我太天真了……）

仔細想想，今年的桐原怎麼可能跟去年一樣。

所以應該在透明化最不具效果的開場瞬間就一決勝負。

一輝居然現在才想到那麼理所當然的事，他總算發現自己一直處於緊張、失去冷靜的狀態。

（……跟艾莉絲以前所說的一樣呢。）

仔細想想，今早看到的夢，搞不好就是艾莉絲所謂的**內心的悲鳴**。

可是一輝沒有注意到。

太習慣逞強了。

結果就是這副德性。再也沒有比這更難堪的了。

（……不過，事到如今再想這些也沒用。）

接下來該怎麼辦呢。

要怎麼做才能彌補自己的粗心呢？

面對這看不見的獵人，究竟該怎麼逮到他呢？

「呵呵呵。被打成這樣了竟然還不棄權……你實在太蠢了，蠢到我都有點佩服你了。」

「……我要是這種程度就會退縮的話……才不會留級。」

「也是，你說的對。好，為了表示對你的敬意，我讓你一點。我會告訴你我接下來要攻擊的地方，你就好好加油躲開吧。開始囉，首先是左大腿。」

「呃！」

「怎麼了？反應有點慢喔。右肩！」

「唔……………！」

「喂喂，躲躲看啊！再來是右耳！」

「嗚哇！」

「黑鐵同學，你動作太慢囉！你還想不想打啊？加把勁逃啊！左肩！右大腿右手腓腸肌右膝小腸、胃！肝臟!!腎臟!!大腸!!十二指腸！要死囉要死囉！再不躲你就死定囉！」

「唔、啊啊啊啊啊！」

桐原總算開始瞄準充滿臟器的身體，一輝的膝蓋不由得著地。

「呵呵呵，哈哈哈哈！你未免也太難看太骯髒了吧！黑鐵同學，你臉色不太好喔？快點露出笑容好好加油啊？你有必須加油的理由吧。對吧？因為這場比賽，關係著你能不能畢業啊。」

「咦…………？」

突然冒出關係著能不能畢業的句子，觀眾們一時倒抽一口氣。

「喂喂，能不能畢業是怎麼回事？」

「不是說就算不參加選拔戰也不會影響成績嗎？」

「等一下！我是聽到不會有影響才沒參加的耶……！」

「啊～抱歉抱歉，讓大家誤會了。放心好了，關係著能不能畢業的只有在這裡的F級騎士‧黑鐵一輝同學而已。他能力太弱，一般來說根本沒辦法畢業。所以新理事長就開了個條件：『只要能夠在七星劍武祭贏得七星劍王的稱號，就可以畢業』。」

桐原告訴大家真相。

頓時──全場寂靜。

「「「……噗、阿哈哈、哈哈哈、哈哈哈哈哈哈──!!!」」」

在場幾乎所有的觀眾同時爆笑。

「當上七星劍王就讓你畢業!?真的假的！」

「F級怎麼可能辦得到，新理事長玩笑開太大了啦！」

「然後呢，那邊的蠢蛋答應了不成!?」

「呵呵呵，不知天高地厚到這種程度也滿可悲的嘛！」

「第一戰就毫無還手餘地，被打得七零八落，居然還想成為七星劍王！哈哈哈哈哈！」

嘲笑聲充斥整個第四訓練場。

七星劍王是日本所有學生騎士的頂端。

歷代七星劍王幾乎都是B級，剩下也都是C級跟極其少數的A級騎士。

像F級這種爛的不能再爛的廢物，怎麼可能爬得上去。

以常識來說，只是個笑話。

但是面對充斥會場的嘲笑，還是有人站出來平反。是一輝的同班同學。

「才沒那回事！黑鐵同學真的很厲害！」

「對啊！我們都看到了！黑鐵同學空手擺平五個拿靈裝的傢伙。」

「而且黑鐵不也贏了A級的史黛菈・法米利昂嗎？就連歷代七星劍王也很少出現A級，他都能贏了，代表有實力啊！」

「白痴，你不知道嗎？那個影片是事先套好的啦。」

「你才是白痴咧！一國公主怎麼可能把勝負當兒戲！認真想就知道不可能啊。」

「你還真的一無所知咧。那個F級，可是黑鐵本家的兒子耶。那是世界中屈指可數的魔法騎士家族，還兼資產家咧。」

「對對，那個黑鐵本家為了讓兒子添點亮點，才付錢拜託貧窮國家的法米利昂公主演戲輸給他。贏了傳說中的天才騎士，夠具有話題性了吧。」

「什……怎麼、不可能的。」

「要說不可能的話，光是F級會贏A級就更不可能了啦。雖然不知道你們幹麼幫他說話，但你們還是用大腦思考一下比較好吧？」

排山倒海而來的否定言論，淹沒一輝的同班同學幫他聲援的聲音。

會場終於塞滿了辱罵聲。

「靠祖先沾光的雜碎竟然說想當七星劍王？哈，別笑掉別人大牙了，蠢蛋！」

「連站在騎士身邊都沒資格的垃圾！」

「只是個F級囂張個屁啊！騙子！」

黑鐵本家為了讓自家兒子有亮點，才會演戲作假。

完全是毫無根據的謊言。

那根本就不知道是誰的妄想。把不負責任的推測發布在匿名留言板，之後就隨眾人議論。

黑鐵本家不斷折磨一輝，根本不可能會做那種事，而且法米利昂皇國可是堂堂一個國家，怎麼可能會被區區一個騎士家族給收買，無稽之談也要有點限度。

但是，那個與現實完全相反的妄想，是這裡的真實。

因為那個妄想讓在場譏笑的觀眾覺得安心。

學生騎士大多是E級跟D級。

他們常常必須抬頭仰望。

仰望被人形容為「天才」的人類，羨慕他們。

對他們來說，F級是極其少數，他們可以俯視的人類。

看到有人落後自己，可以讓他們放心。

那些人比自己還要低級，毫無容身之地。他們居然想凌駕於那神聖不可高攀，被他們稱做「天才」種族。他們要是贏了自己早就放棄、絕對不可能贏過的A級，可不是一件聽了會讓人高興的事。所以，他們將貼切的妄想當作現實，讓妄想取代現實，不斷辱罵。

一輝聽到這些聲音，咬緊牙根。

（不甘心………）

一輝從來不想要他人的評價。

也不需要他人認同自己。

所以，事到如今別人說了什麼，對他來說不痛不癢。

但是……居然連史黛菈都被抹黑，這點讓一輝真的很難過。

最氣的是，自己居然無能到讓他們說出那種話。

「哎呀哎呀，被說得很慘呢。沒辦法，誰叫你要做那種不知天高地厚的夢，才會讓人這麼討厭你啊。」

桐原眼見一輝膝蓋著地，低頭不語，便繼續趁勝追擊。

「你也該看清楚現實了吧。區區雜碎，只會『身體強化』這種弱到爆的能力，不管怎麼努力都不可能贏過我的〈獵人之森〉，這就是現實。人類從出生的那一刻，就已經決定了你的『位置』，不管你怎麼努力，在才能面前也只是個屁。雜碎在那邊掙扎也只是難看——我說，各位也這麼想對吧!?」

「桐原同學說得對！」

「你也識相一點！不要搞得好像桐原同學在虐待你！」

「下場吧，這個靠爸族！」

「雜碎不要這麼不要臉！要讓我們看這場鬧劇到什麼時候啊！」

觀眾隨著桐原的煽動，大聲回應，吼聲化作沉重的壓力，撞擊著一輝的身體。

壓力壓迫著一輝的肉體，更讓他深感自己的無力。

（一場、鬧劇嗎？）

或許真是這樣也說不定。

眼下自己對〈獵人之森〉一點辦法也沒有。

聲音、氣息、味道以及身影完全隱蔽，讓敵人無法感覺。

對手所有的攻擊，只會在接觸的那一刻才能發覺。

一輝完全想不到要怎麼贏過這種對手。

他現在還勉強站著，只是為了爭一口氣罷了。

不論是逞強到最後一刻輸掉，或是在這裡投降輸掉，都是輸。

寫在選拔戰裡的敗北數都不會變。

既然這樣，與其痛苦撐下去，不如——

……當一輝心中的天平往懦弱的方向傾斜時，

「給我閉嘴————————!!!!」

「「!?」」

怒吼瞬間打斷了排山倒海的辱罵聲。

所有人往發聲者的方向看去。

那個人是——

（……史黛菈。）

〈紅蓮皇女〉的怒火點燃緋紅瞳孔，身影散發著烈焰磷光。

◆

「史黛菈……」

史黛菈自己也知道，珠雫跟有栖院一定被自己突如其來的舉動嚇一跳。

誰管那麼多。史黛菈已經忍無可忍了。

她滿是怒火的眼眸瞪向觀眾，彷彿噴火般地吐出言語。

「F級不可能贏過A級？那只是你們擅自設定的等級！你們覺得絕對不可能贏我們這些天才。只會擅自為自己設限，把自己的放棄正當化！你們想放棄是你們家的事，但是不要用你們放棄的理由去否定一輝的強悍!!」

只有這點不能原諒，絕對不能原諒。

因為一輝明明比在場的所有人都還要弱，卻毫不放棄努力，直到現在！

一輝就算被全世界的人類嘲笑、被辱罵沒有價值，但還是相信自己的價值，相信自己可以越過才能這堵高牆、相信自己絕對辦得到。

然後從那遙遙無期的道路盡頭，他找到了。

不輸給任何才能，最強的一分鐘。

那天看到的一輝的耀眼，至今仍烙印在史黛菈的眼中。

她第一次覺得對方很強，第一次那麼崇拜一個人。

史黛菈很清楚，那有多麼值得讚賞——

「才能不過是人的一小部分。只會巴著那一小部分不放的你們，怎麼可能知道一輝的強大！你們絕對不可能理解！所以不要用自以為是的口吻——汙辱我最喜歡的騎士!!」

「史黛菈……」

史黛菈的滿腔熱情衝擊著一輝，他抬起頭來。

一輝的表情，揪緊史黛菈的心。

「不要露出那麼懦弱的表情啦……！」

一輝臉上透露著無力，彷彿快要崩潰似的。

情有可原。

一輝還跟自己一樣，都還是個孩子。

就算多有實力、就算他擁有鋼鐵一般堅強的意志——

他也沒辦法將心靈化為鋼鐵。

成為眾人唾棄的眾矢之的、遭到蠻不講理的對待，他還是會受傷、心痛。

而那些傷痛，只要一輝不放棄夢想、就會不斷苛責他。

對黑鐵一輝這個**人類**來說，或許在這裡敗北會來得幸福許多。

但是——但是…………！

「一輝不也說了……！不管別人怎麼說，你都不會放棄……！我還覺得，如果是跟這樣的一輝一起的話，我一定也能無止盡地登上高峰！所以，不要被這些傢伙隨便說說，就露出一臉想放棄的表情啊！我才不想輸給那麼懦弱的男人!!我……我崇拜的是……我喜歡的是、無論何時都努力不懈、貫徹自身信念、名為黑鐵一輝的**騎士**，所以!!——所以！

你要在我面前一直保持最帥的樣子啦，笨蛋——————!!!!!!」

就算如此，史黛菈還是希望能夠跟一輝邁向相同的目標——

所以，她全心全意地大喊。

已經不是只有他自己，相信黑鐵一輝這個男人的價值。

這個瞬間——

碰！一輝狠狠地朝著自己臉上揍了一拳。

「「「啥!?!?」」」

一輝突如其來的驚人之舉，讓在場所有人驚呼。

他到底在幹麼？充滿疑問的視線中，一輝——

「史黛菈，謝謝……妳給了我力量。」

一輝緩慢而堅定地站起身。

◆

一輝站起身，看向激勵、責罵自己的紅髮少女。

史黛菈深紅的眼眸，正落下粒粒淚珠。

那是為誰而流的淚、為誰的心哀悼的淚。

一輝不至於遲鈍到不知道。

但是，即使心痛，史黛菈還是告訴他。

戰鬥吧。

史黛菈也很清楚一輝選擇的路有多艱困。

但還是，她還是要他戰鬥。希望他不要放棄。

（沒想到除了龍馬先生以外，還有人會對自己說這種話……）

……要是輸了這場決鬥，將會否定自己過去所有的努力。

一想到將會否定掉自己過去所有的努力……而卻步了。

但是，那是錯的。

或許這場敗仗，可能會讓自己離魔法騎士這個目標更遠。

但是，絕不會讓邁向目標前進的歲月成為毫無意義。因為——

（我遇到了她，這個女孩說了，『喜歡』我這種生存方式！）

一輝察覺這點的瞬間，彷彿感受身體跟心靈契合在一起。

害怕、緊張，這些陰沉思考全都消失得一乾二淨。

遍體鱗傷、滿身浴血，身體應該已經到了極限……卻能自在的動作。

一輝的身體，總算達到最佳狀態。

既然如此——現在放棄還早，還太早了。

還有自己能做的事。

那就做吧。直到自己精疲力竭為止。

就算會遭到多毫不留情的對待，只要盡全力挑戰、敗北後，傷口癒合就還能再戰。

但是輸給自身而受的『逃傷』，是騎士畢生之恥!!

「喔喔喔喔喔喔喔————————!!!!」

一輝狂吼，振奮自己。

聚集體內的血、肉、每一個細胞中的魔力，為了瞬間而燃燒殆盡。

© Won

蒼藍火焰噴發而出。

這陣光芒，正是黑鐵一輝所持有、僅能施展一次的伐刀絕技〈一刀修羅〉。

一輝下定決心，這場勝負將在此結束。一輝在此宣言：

「我以最弱（最強）之名，捕捉你的最強──桐原同學，一決勝負吧！」

『喔喔！原以為黑鐵選手只剩下敗北一途，他卻突然施展了殺手鐗！攻破A級騎士史黛菈・法米利昂的伐刀絕技！〈一刀修羅〉!!一天只能使用一次的必殺技！這時候使出這招，難道黑鐵選手已經找到破解〈獵人之森〉的方法了嗎!?』

一邊倒的戰局突然出現轉機，實況員頓時情緒高漲。

月夜見也對〈獵人〉狩獵的凌厲感到不忍。

她默默在心底幫一輝加油，希望他能改變戰況。

但是──很殘忍的現實。一輝無法破解〈獵人之森〉。

辦不到。

〈獵人之森〉恐怕是對人最強的伐刀絕技。

而且根本不是〈落第騎士〉程度的力量就可以破解的。

而桐原也深知這點。

「捕捉我？憑你這個〈落第騎士〉，想捕捉我〈獵人〉桐原靜矢？不可能，絕對辦不到的事，就不要隨口說說。」

沒錯，正是如此。

嘗試完成不可能的任務。這點打從根本就是錯誤的。

這只會讓事情變得更複雜。

黑鐵一輝從頭到尾能做的只有一件事，僅此一件。

「無謂的鬧劇也該結束了。我也看夠你醜陋掙扎的樣子了。差不多該謝幕了吧……對了，我說過會告訴你我瞄準的地方。我想想……接下來。」

桐原的聲音飽含真實的殺意。

現在，弓箭瞄準的肯定是左右勝負、必殺的一擊——

「——腦門。不想死的話，就試著躲看看吧，你這雜碎！」

看不見的殺意傾瀉而出。

這一箭，連生命之火都可能消滅，筆直朝著一輝飛射而出。

但是——那種事，現在根本無所謂。

就算想看見看不見的東西，也得不到什麼益處。

這樣的話，就瞪大眼睛看著看得到的東西。聽清楚聽得見的聲音。

（快想起來——）

受到箭傷的順序、方向——

（——快想起來——）

那些痛楚的深度、角度——

（——快想起來——————）

那時候桐原說的話、聲音——

所有的情報都在這場比賽之中。

如同從劍法的樣式中解開歷史的樞紐，從順序與方向推敲出對手的動作。

如同從刀法中習得流派的真髓，從受傷的角度跟深度推算出對手的位置。

如同從對方的呼吸中偷得獨創的理念，從言詞跟聲音推斷出對手的思考模式。

然後把所有的一切，跟事先鑽研的偏好、性格、技巧、興趣……等，各式各樣的情報統整、解析、徹底理解——掌握桐原靜矢這個人類的一切！

並非辦不到，一點也不困難。

黑鐵一輝一直、從很久以前——就是這樣一路戰鬥過來的！

「……！」

這一刻——〈朧月〉的箭矢刺向一輝。

位置……不是腦門，而是心臟。

沒錯，桐原以被稱為〈獵人〉的冷靜與冷酷，在最後一擊設了陷阱。

就算對手已經一腳踏進棺材，仍以防萬一。

告訴對方瞄準頭部，其實是朝著心臟射出。

不但讓人看不見攻擊，更增添上假動作，讓對手毫無退路。

正如〈獵人〉所預期，看不見的殺意貫穿一輝的心臟——

「…………啥？」

桐原靜矢口中，突然溢出呆愣的單音節。
大腦的思考，跟不上眼前無法理解的現實。
但，這是正常的。絕對不可能躲開、不可能接下必殺一擊——
在即將貫穿胸口的瞬間，一輝的左手一把抓住，箭矢因此停止動作。
「為、為什麼……」
為什麼會這樣？
怎麼會發生這種不可能的事。
面對眼前超乎理解範圍的現實，〈獵人〉愕然——

「……我就知道。桐原同學的話，絕對會在這箭刻意射偏。」

浴血騎士靜靜地訴說。
「你在……說什……——!?」
頓時，桐原背脊竄起一陣寒顫。
一輝的雙眼，正分毫不差地緊盯著自己。他明明感覺不到自己的！
「該、不會……！」
未曾品嘗過的焦躁感，令身體噴出陣陣冷汗。
竄過背脊的寒顫讓四肢不斷顫抖。

朦朧的視野中——

「……嗯，我抓到你了。我絕對不會再讓你逃走。」

浴血騎士，淡然一笑。

◆

『居居居、居然————！黑鐵選手抓住了箭矢！他應該看不見這支箭矢的！這究竟是怎麼一回事呢？我位於播報臺，仍然看不見桐原選手的身影！完全隱蔽的〈獵人之森〉仍未解除!!但播報臺設有監視攝影機，能夠掌握全場戰鬥畫面，我們透過攝影機，清楚看出黑鐵選手對射過來的箭矢做出反應！難道他真的看到桐原選手的身影了嗎!?』

『啊哈、啊哈哈哈哈！真的假的！那傢伙真的做到了呀！』

本該為現場解說的西京突然捧腹大笑。

『西京老師？妳知道是怎麼回事嗎!?』

『呵呵呵……！嗯，對啊。跟大家看到的一樣，〈獵人之森〉已經不管用了。』

聽到西京的話，桐原反射性的反駁。

「別亂說！我的〈獵人之森〉是無敵的！不可能會被這種F級雜碎看穿！」

『啊哈哈！沒錯，妾身也這麼認為。小桐的〈獵人之森〉是對人最強的伐刀絕技喔。這點妾身可以保證，因為〈獵人之森〉不可能被看穿。對，被看穿的是——〈獵人〉本身。』

「妳到底在說什麼鬼話——」

『哎呀哎呀，小桐意外地還滿鈍的嘛。你不也看過公主大人跟黑鐵小弟的對戰？那時候，黑鐵小弟看過公主大人的〈皇室劍技〉後，便把劍法偷走了。可是想偷走劍術，並不單單只是模仿就好了。從架式到刀法解開歷史的樞紐，連沿途的思考模式都一一汲取，解開根源的「概念」。偷走劍術就是這麼一回事……現在黑鐵小弟只是做了一樣的事。一邊戰鬥，一邊偷走**桐原靜矢這個人類**。對吧？黑鐵小弟。』

對人類使用〈模仿劍技〉。

對於西京的無稽之談——

「嗯，就是那麼一回事。」

一輝點點頭表示肯定。

「不、不可能……！那種事、不可能辦得到……！而且你明明不可能看得到我的……！」

「就算看不到，想知道現在桐原同學在哪裡並不難。桐原同學留下很多足跡啊。」

「足、跡……？」

「就是我身上的傷口。從受傷的順序找到你的手法、角度找到你的方向，威力則告訴我我們之間的距離。只要跟隨這些足跡，要找到〈獵人〉現在在哪很簡單。只要瞭解這些就跟看得到沒兩樣了。那就只要跟平常一樣就好。

不管是劍術還是人，構造都是相同的。所有的行動都跟根源的『概念』有關。你也可以解釋成價值觀。只要從那裡推斷出那個人的行動、興趣、言語等等，並加以理解，就可以知道那個人現在正在想什麼？自己做出什麼動作、對手又會採取什麼行動？會前進後退、攻還是防——所有的行動都輕而易舉的瞭解。舉例來說，就像我知道現在這個瞬間，桐原同學往後退了三步。」

「～～～～～～～～!?」

桐原聽見一輝俐落地脫口而出自己的動作，他全身的血液都因恐懼而停止流動，發出不成聲的悲鳴。

因為一輝所說的，是不容質疑的事實。

但是他被看穿也是無可厚非，所謂的『概念』，並不是當下的想法。

而是那個人的思考模式，最根本的『絕對價值觀』。

這不是一夕之間就能改變的了。

不管本人的言詞設了多少陷阱，只要那個『我要說謊』的想法源自於『絕對價值觀』，就絕對無法從一輝的感知中逃脫。

從對方身上偷了『絕對價值觀』，因此把握了對方全部的思考與感情。

也就是〈完全掌握(Perfect Vision)〉。

桐原面對〈完全掌握〉，他總算懂了。

黑鐵一輝這個騎士真正恐怖的地方，既不是劍術，也不是一分鐘的強化能力。

而是看破眼前所見之物的本質，如同照妖鏡般的洞察力。

這面照妖鏡現在已經捕捉到〈獵人〉。因此——

「我已經看穿你了，這場勝負，是我贏了!!」

一輝如此宣言著，並以噴射般的速度衝出。

他筆直地襲向失去退路的獵人。

「別、別過來啊啊啊啊啊啊啊——!!!」

〈獵人〉面對眼前的狀況，做出最後的抵抗。他用盡全力拉開〈朧月〉，集中所有魔力於箭上，朝空中射出。

倏地，射出的箭矢在空中炸開，化為數以百計的無形光鏃如暴雨般落下，襲向下方的一輝。鏃雨撞進鬥技場的地板、打碎磚瓦，再擊破飛散的碎塊。毀滅之雨從天而降，毫無法則可言。

伐刀絕技〈驟雨烈光閃(Million Rain)〉。

數以百計的箭鏃所組成的無差別範圍攻擊。

要是自己的思考會被看穿，那就想也不想的地毯式攻擊。

這就是桐原的結論。沒錯，確實沒錯。但是——

「為什麼、為什麼打不中!?」

一輝輕輕鬆鬆揮開無形光箭，毫無停頓地衝過毀滅暴雨、穿過席捲而起的沙暴。理所當然，因為一輝——看著所有的真實。

「沒用的。不管你再怎麼無心思考，也無法壓抑那膽怯內心中的殺意，它可是不停喧囂著『想贏、想殺了你』。所以不管你再怎麼下意識的攻擊，裡面也蘊含著名為殺意的意志。」

只要有意志做為接點，〈完全掌握〉就能分毫不差地擊落。

況且想要「無意識・無殺意」的攻擊別人，已經是某種武術的境界了。

而桐原還不夠格。

結果也只是增加桐原所射出的箭數罷了。

「不管上千還是上百，都對我的〈一刀修羅〉起不了作用！」

所有的抵抗全都失去意義。如同優秀的棋手可以預知百步之後的棋局，一輝早就看到這場棋戰的結局！

「停下、停下來！別過來！別過來別過來別過來別過來別過來別過來別過來別過來別過來!!都叫你別過來了沒聽到嗎——!!騙人、騙人！我怎麼可能輸給F級的雜碎！跟你不同，我可是眾望所歸！跟你這種啥都沒有的垃圾不同，我有會失去的東西啊！你這種人怎麼可以贏我啊——！所以別過來啊——!!」

無法停止，無法阻止。

桐原已經無法阻擋一輝的前進。

「喂、喂！騙人的吧!?欸！停戰吧！我們停戰啦！不要啊、那個、是刀子耶!?要是砍到人就糟了耶!?這太不正常!!太詭異了啦!!所以停戰吧！對、對了！我們猜拳吧!!這樣比較好啦！黑鐵同學！我們不是以前的同班同學嗎!?我們是朋友吧!?」

一輝充耳不聞。

上這個戰場前，該做好覺悟的到底是誰？

騎士立於戰圈的同時，就已經做好砍人跟被砍的覺悟。

所以，一輝毫不手軟。

黑色刀刃掃開桐原的抵抗，直到桐原進入〈陰鐵〉的攻擊範圍——

「喝啊啊啊啊啊啊——!!」

「咿、咿——！住、住手啊啊啊——!!!我懂了！我投降！我投降就是了拜託我怕痛啊啊啊啊啊啊——!!」

〈陰鐵〉「唰」地一揮而下。

同時，一輝斬開的地方突然綻放出光芒，桐原的身體從中顯現……然後無力朝後方倒下。

雖然桐原已經失去意識，還翻白眼、吐白沫……但沒有任何刀傷。

只有他的鼻頭劃了一刀擦傷，連一滴出血也沒有。

一輝知道桐原會投降。

所以他打從一開始就不打算砍傷他。但是，

（跟預測的距離差了一公釐啊。）

原本不想傷到他，刀刃卻不小心碰到了。

（我的修行還不夠呢。）

一輝反省著自己的不足。

就這樣，〈獵人〉在握有刀刃的野獸面前倒下——

「桐原靜矢，無法戰鬥！勝利者，黑鐵一輝!!」

裁判宣布，一輝初戰勝利。

◆

『比賽結束——！勝利的人居然是F級騎士・黑鐵一輝選手!!去年就連上課都被禁止的黑鐵選手，竟然九死一生地戰勝同世代的最強騎士，漂亮贏得第一場勝利!!』

一輝聽見宣判勝利的那一瞬間——

支撐一輝最後的一絲力氣，頓時耗盡。

戰鬥時所受的重傷、大量出血，加上使用〈一刀修羅〉的反作用力，極度疲勞。

原本用氣勢強壓住的各種事物同時襲向一輝。

『恭喜你……咦！啊啊——黑鐵選手倒在戰圈上了！看起來是不是不太妙!?』

『糟了！醫護組!!快把他塞進「膠囊」裡！』

設施職員聽從西京的指示，趕緊把一輝放上擔架抬出場。

各個訓練場都設有足夠數量，簡稱為膠囊的醫療設備：iPS 再生囊，不至於發生不幸。

勝利者被人用擔架抬出後，場上只剩下昏迷不醒的桐原孤身一人。

職員將他拖行出場。

『剛才，桐原選手也下場了。沒想到公認今年七星劍武祭最有力的參賽候補‧桐原選手居然會在此敗陣！可能受到莫大的打擊了。他明明沒有受傷，但完全沒有清醒的跡象！』

在觀眾席，桐原聲援會的其中一人看到這一幕，小聲低喃：

「感覺…………好遜。」

「他最後是不是還哭了啊？還大叫我怕痛。」

「對他徹底幻滅了……」

「回去吧。興致都沒了。」

『哎呀呀，聲援會的女孩子們陸陸續續離開現場。嗯～怎麼辦呢，有沒有朋友可以撿走他的？』

『安啦，又沒受傷，遲早會醒的啦～』

『……說的也是——呃～那麼，今天的第四場比賽結束。等場地整理好，便開始舉行第五場比賽，請參賽選手準備。』

播報實況的月夜見廣播完後，關掉麥克風。

「呼～啊……真是場激戰呢。沒想到讓桐原選手無傷全勝的〈獵人之森〉，居然會被F級騎士打破。」

月夜見鬆了一口氣地向身旁的西京搭話，但是──

解說席上只留下一張留言，上頭寫著：「妾身滿足了，掰掰。」

「我受夠了──！誰來代替我播報實況啊──！」

◆

在月夜見慘叫的同時，觀眾席上的學生們也陸陸續續離開第四訓練場。

大部分的觀眾都是特地來看這場比賽的，說當然也是理所當然。

但是，有別於流動的人海，有兩個人沒有離開。

那是珠雫跟有栖院。

「看觀眾走的那麼自然，還真有點同情下場比賽的人呢。」

有栖院看著動作的人群。

「然後呢……珠雫不去病房嗎？」

有栖院低頭詢問嬌小的少女。

珠雫輕輕搖頭。

「……就算去了，哥哥也還在睡。」

「就算他還在睡，這種時候還是想陪在他身邊，這不就是女人心嗎？史黛菈可是跑著追出去呢……該不會，珠雫其實是打算讓他們兩人獨處吧？」

聽到有栖院深入一步的問句，珠雫鼓起臉頰，別過頭。

「今天……是特例。畢竟哥哥幾乎可說是託那個女人的福才獲勝的。」

而且…………珠雫雖然非常不想承認，但她其實很開心。

誰都不肯理解、誰都不曾嘗試去理解的哥哥的真心，以及他所選的生存方式，史黛菈居然在這麼大庭廣眾下，說出「喜歡」一輝。

只有今天，她不想去打擾兩人。

「但是，真的僅此一次而已喔！」

「呵呵呵……珠雫。」

「幹麼，想說我是喪家之犬嗎？」

「不是唷……那個啊，人家很喜歡珠雫的這種地方喔。」

「～～～！真是的！不要戲弄我啦！」

珠雫白皙的雙頰更顯紅潤，更不滿地鼓起雙頰。

「呵呵，抱歉。人家不會再說了，妳不要生氣嘛。那麼接下來要怎麼辦？繼續看下一場比賽？」

「……沒什麼興趣。」

「那我們稍微去遠一點的地方吃美食怎麼樣？原定今天的慶功宴，照一輝那副德性肯定辦不成了。」

就算使用膠囊可以治好傷口，恢復疲勞就沒那麼簡單了。

估計他今天一整天都會昏睡不醒吧。

而且，史黛菈應該也會陪在他身邊，直到他醒來為止。

「都特地讓那兩個人獨處了，稍微奢侈一下也不錯唷。」

「……我辦過成人式了，想去有美酒的地方。」

「呵呵，好唷。人家知道一間氣氛不錯的店，妳儘管期待吧。」

「……先說好，我在幾個小時後，絕對會後悔放哥哥跟那隻母豬獨處，絕對會很後悔的抱怨。你要做好心理準備喔？」

「呵呵，那也很讓人期待呢♪」

決定好先回宿舍換衣服後，兩人順著人潮前往出口。

盯著前方走出競技場的人潮，珠雫低喃。

「……剛剛侮辱哥哥的傢伙們，是不是還不相信哥哥的實力呢？」

「天曉得，人家也不知道呢。裡面應該也有就算親眼看到也不願相信的人……但只要是擁有站上七星頂點實力的人，肯定都注意到一輝，並且記住他了。記住這位名叫黑鐵一輝的騎士。所以一輝已經不再是〈落第騎士〉了，人家保證。」

有栖院說的沒錯。

經過今日一戰，網路上的一角已經為〈落第騎士〉增加了另一個稱呼：

〈無冕劍王（Another one）〉。

這個稱呼顯現，一輝已經不再只是單純的〈落第騎士〉了。

當然，這也表示黑鐵一輝**已經成為七星劍武祭代表最有力的挑戰者之一**。

◆

第四訓練場觀眾席。

有個嬌小紅色人影，踩著木屐的腳步聲喀喀作響。

「哎呀呀～今天真的看了很棒的東西啊～沒想到〈獵人〉擁有對人最強的伐刀絕技，竟然會輸給F級的〈落第騎士〉……而且還是用那種常識範圍外的方法。在比賽中識破對手的自我，簡直是怪物。」

她正是從解說席上消失的西京寧音。

她晃著長髮，興奮地自言自語剛才的比賽。

「A級聯盟也沒人能辦得到呢。哎呀呀，不愧是小黑的祕密武器～這樣選拔戰就好玩了呢～不過希望他下一場可以跟更強的對手比。比如說……這所學園的學生會長之類的。」

接著她來到觀眾席的最高階。

「大家不也這麼覺得？破軍學園學生會執行部的各位。」

在場四位騎士，露出別有意圖的笑容。

四個人身上魔力的質量，很明顯跟走出會場的學生們不同。

這也正常。他們是每個人都擁有稱號的，破軍學園學生會成員——

副會長〈無法觀測（Fifty/Fifty）〉御祓泡沫。

總務〈腥紅淑女（Scharlach Frau）〉貴德原彼方。

書記〈破城艦（Destroyer）〉碎城雷。

庶務〈速度中毒（Runner's high）〉兔丸戀戀。

這些人全都是破軍學園數一數二的實力派。

「小東不在這好可惜唷。真想讓她看看今天的比賽。我的直覺告訴我，這場選拔戰，小東的勁敵大概就是黑鐵小弟了。」

小學生……不，搞不好會被誤認成幼稚園生的嬌小男孩，御祓泡沫聽見西京的話，不禁噗哧一笑。

「啊哈哈☆西京老師好壞唷~」

「嘻嘻，真是的。人家好不容易那麼力爭上游了，不好好珍惜怎麼行呢。」

站在泡沫嬌小身軀旁的高眺少女，貴德原彼方跟著接話——她身穿宛如法國貴婦人的純白禮服，明明是在屋內卻撐著洋傘，嫣然一笑。

「嗯~還滿有自信的嘛~果然去年七星劍武祭前四名的這座高牆不好爬？」

「啊哈哈☆西京老師真的好壞唷，妳明明就很清楚。」

「的確如此，那跟去年的成績沒有關係，是更根本的問題呢。」

「是指？」

「道理很簡單吶。不管爪子再怎麼鋒利、獠牙再怎麼銳利……老鼠怎麼可能贏得了獅子呢？」

貴德原語畢，輕抬起頭，彷彿看著遠方般地瞇起碧色眼珠。

「肯定連摸都摸不到吧。我們的公主可是高高在上，難以捉摸的人呢。」

破軍學園壁報

角色介紹精選　　文編・日下部加加美

SIZUKU KUROGANE

黑鐵珠雫

■PROFILE

班級：破軍學園一年四班

伐刀者等級：B

伐刀絕技：障破水蓮

稱號：NO DATE

人物簡介：流有英雄之血的少女

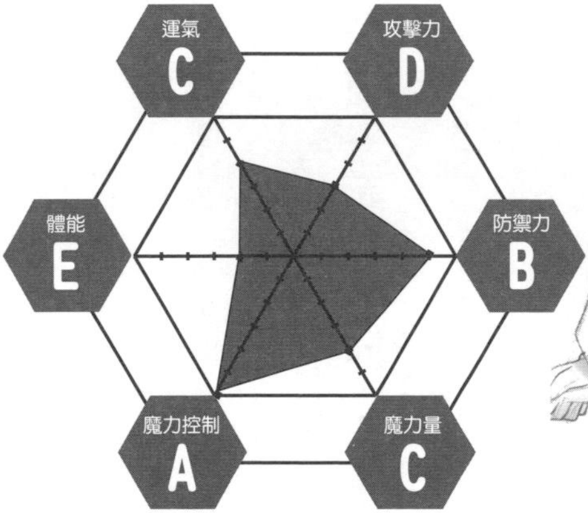

運氣 C
攻擊力 D
體能 E
防禦力 B
魔力控制 A
魔力量 C

加加美鑑定！

水跟火、雷比起來，是屬於攻擊性能較低的屬性，因此防禦力會比攻擊力稍高。但是她優異的魔力控制足以彌補攻擊力的缺陷！神不知鬼不覺地凍結地板，操控水球令對手窒息等等，她的能力操縱自如，變化多端。別看她外型嬌小可愛，小看她可是會吃大虧的！

終章　月下誓言

「…………」

光線緩緩擴散。一輝並未抵抗這道覺醒的徵兆，睜開眼睛。

灰暗上空有著陌生的天花板。

（這裡是醫務室嗎……）

正如一輝所想，他在比賽結束時失去意識，馬上就被帶進再生囊中治療外傷，並且直接運到醫務室的床上。

一輝轉頭看向窗外，皎潔的圓月高掛空中。

他在那之後似乎睡上數小時之久。

（畢竟渾身都是傷啊……）

但現在他的身體幾乎感受不到痛楚。看來傷口應該是完美復原了。

雖然一輝遭受到相當激烈的凌虐，但這種程度只要使用再生囊，根本算不了什麼傷。

不過身體還是沉重如鉛，疲勞似乎還殘留在一輝體內。

「……呼……」

「嗯？」

突然陰暗中響起了耳熟的呼吸聲。

是什麼？一輝勉強撐起疲累的身軀起身查看。

「史黛菈……」

史黛菈坐在床邊的椅子上，不停地搖頭晃腦打瞌睡。

一輝回想著即將失去意識前的記憶。自己被抬上擔架時，的確是見到她在身旁，不斷對自己呼喊著什麼。

（……在那之後她就一直待在我身邊嗎？）

一輝一想到這裡，胸口彷彿揪緊了似的，一股憐愛油然而生。

「啊……」

仔細一看，淺眠中的史黛菈脣邊還帶了點口水。

這位公主殿下似乎是一睡著就毫無防備。

但是史黛菈應該不想被人看到這種場面。

一輝探了探口袋，取出手帕。他盡可能不要吵醒史黛菈，小心翼翼地擦拭她臉上的唾液。不過——

「嗯…………唔？……呼啊。」

史黛菈似乎真的睡得很淺，手帕一接觸到嘴脣，她就醒了過來。

「抱歉，吵醒妳了。」

「一輝…………？」

剛睡醒的史黛菈似乎是睡呆了，迷糊了一陣子，當她視線慢慢移到手帕上，發現沾在手帕上頭的，似乎是自己的口水。

「～～～～～～～～！！！」

她頓時面紅耳赤，一把從一輝手上搶走手帕。

「……你看到什麼了？」

一輝見到史黛菈散發著殺氣，彷彿下一秒就要衝上來砍人，不免有些驚恐。

「我、我什麼都沒看到。」

「騙人。」

「…………嗯……抱歉。」

「嗚嗚～～～～～～～～！」

一輝老實回答，卻讓史黛菈的表情更是煮沸似的，她伸手抹了抹脣邊。

「太糟糕了！你為什麼挑這種時候醒來啦！時機也太差了！」

「就算妳跟我抗議，我也沒辦法控制自己什麼時候醒來啦……」

「吵死了！大笨蛋！手帕我下次再買新的還你！」

「咦？不用啦。這點小事，我不會在意的。」

「我會在意啦！」

「啊、是！非常抱歉！」

史黛菈咬牙切齒地威嚇一輝，他也只能退讓一步了。

而就在兩人對話中斷後，這次輪到史黛菈的肚子發牢騷了。可愛的聲音瞬間響徹安靜無聲的醫務室。

「討厭～～～～！到底怎麼回事啦～～～～！」

「史黛菈，冷靜點。雖然這裡只有我在，不過好歹是在病房裡……」

「我一睡醒就碰到這種事情，快哭出來了啦！這全都是一輝的錯！都是你！居然讓那混蛋為所欲為，還被打得七零八落的！笨蛋笨蛋！」

史黛菈不斷對著一輝揮拳。

雖然有點痛，但是史黛菈是忍著空腹一直待在自己身邊，一輝沒辦法回嘴。一輝低下頭回應史黛菈的斥責。

「……真的很對不起。今天居然讓妳看到那麼差勁的一面，讓妳擔心了。」

「我才沒有擔心！只要有再生囊，那種程度的傷就跟擦傷差不多……！」

「但是，妳一直待在我身邊。」

史黛菈低頭瞥了一眼方才發出哀號的肚子，只能尷尬地撇過頭去。

「有、有什麼辦法！你可別忘了，我是你的僕人。僕人照料主人是天經地義的事，根本不需要道謝！」

「不、讓我說吧。幸好今天史黛菈在場，不然我就真的很危險了。」

正是因為她在自己即將倒下的那一刻，大聲呼喊著。

自己這麼的差勁，她卻說了喜歡這樣的自己——

因此一輝才能想起來，他是這麼喜歡自己，所以當自己聽見周遭的大人說著：

「你這個人毫無價值。」他所感受到的不是「自我放棄」，而是「不甘心」。是史黛菈讓他想起這一點。

所以——一輝無論如何都想告訴她一件事。

「史黛菈。」

「所以我就說了，不用道謝——」

不、他想告訴她的，並不是道謝。

「我也——很喜歡史黛菈。」

當一輝聽見她開口說出，喜歡自己的生存之道時，心中最坦率的情感。

「…………………………」

史黛菈聽見這突如其來的告白，一時之間面無表情。

實在太過突然，腦袋跟不上現況，也無法理解。

但是當事實猶如潮水一般擴散至史黛菈的腦中各處——

「咿呀…………！」

史黛菈發出類似悲鳴的聲音，從椅子上應聲摔下地板。

「哇啊！史、史黛菈，妳沒事吧!?」

「笨、笨笨笨、笨蛋！一輝，你、你真的知道，自己剛、剛剛說了些什麼嗎!?」

「嗯，我知道。我喜歡妳，史黛菈。」

或許是一輝已經做好覺悟，他的話語中沒有絲毫的害羞。

但是史黛菈根本沒想到會聽到這種話，她的雙頰已經紅到不能再紅了，甚至是比剛才有過之而無不及。她腦中一片混亂，語無倫次了起來。

「我、我醜話說在前面，我、我的喜歡是、那個、是指認同一輝的生存方式、認同你的志向的那、那種喜歡喔!?我、我說的喜歡一輝，絕對不是把一輝當作……男、男男男男、男性喜歡的意思喔!?而、而且我可是一國的公主，怎、怎麼可能跟庶民談、談戀愛，根本不可能啦！」

「嗯。」

一輝點頭。

「我懂妳的苦衷。我就像是一株無根的浮萍，有家回不得，史黛菈也有自己的立場或是理由，所以我至今都說不出口，不過——我今天真的是忍不住了。」

這份愛戀，已經大到無法遮掩。

「不論如何，我都想現在親口告訴妳，我能遇見妳，真的非常幸運。現在不說，我可能再也沒機會說了……所以我也不會要求妳答覆我。」

一輝已經做好覺悟了，就算當場被拒絕也是預料之中。

雖然被甩掉會很難過，但是一輝無論如何都想傳達這份過於龐大的感謝。

因此一輝才將自己的心情化作言語。於是——

「…………你太詐了。」

史黛菈鼓起雙頰，目不轉睛地瞪著一輝。

「太詐？」

「……只有你自己這麼坦率，太奸詐了。」

「？？？」

一輝實在聽不懂史黛菈的意思。

但是他感覺得到，史黛菈的心情非常差。

果然是因為自己的關係吧？明明是個比平民還不如的無根浮萍，居然擅自喜歡上她，應該讓她非常困擾。

「你先閉上眼睛。」

（要被揍了!?）

「那、那個，史黛菈。對不起，果然還是讓妳覺得不舒服——」

「快點把眼睛閉上啦!!!!」

「遵、遵命！」

史黛菈的聲音有時會帶著莫名的魄力，令人無法抗拒。

這是皇族特有的技能嗎？

一輝有些顫抖地閉上雙眼，一陣沉默過去——

啾。

一股柔軟且帶著溼潤的觸感，碰觸到一輝的臉頰。

（咦…………）

一輝驚訝地睜開眼。

眼前的史黛菈，臉紅得像顆蘋果似的。

「史、史黛菈……剛才的是……」

其實也不必問，就算遲鈍如一輝，他也知道剛才發生了什麼事。

史黛菈吻了一輝的臉。

但是一輝實在沒想到，史黛菈居然會親吻他。他只能像個呆子一樣，傻傻看著史黛菈，一句話也說不出來。

史黛菈溼潤的雙瞳注視著一輝。

「別、別搞錯了，剛才那一吻，跟僕人、主人或是皇女什麼的，完全無關，是我

© Wor

想吻才吻的。先說好，算是你命令我，我也絕對不會做那種事情……！」

「……也就是說，那是……妳答應的意思？」

面對一輝的問題，史黛菈低下溼潤的眼眶，羞澀染紅了她的雙頰，但她還是微微的、非常輕微的——卻又確實地點了點頭。

「……不、不過，那個……我從來沒跟男孩子交往過，可能會讓你徹底幻滅也說不定。」

「那、那是絕對不可能的！而且……我也是，從來沒跟女孩子交往過。」

是的。一輝到目前為止，從來沒交過女朋友。

就連初吻……也是前陣子被妹妹奪走了。除此之外一輝沒有碰過任何女孩子。

而他也老實說出這回事。

「所以我是一輝的第一個女朋友囉？」

「唔、嗯。」

「這樣啊……欸嘿嘿，總覺得有點開心……」

史黛菈瞇起雙眼笑了起來，似乎真的相當高興。

「抱歉——我忍不住了，剛才的史黛菈實在太可愛了！」

「呀啊!?」

他已經壓抑不住了。

一輝不等史黛菈說完，便一把拉過她的身軀，緊緊抱住。

「謝謝妳，我真的很開心。」

「……真是的，這麼硬來。只有今天而已喔？下次不溫柔一點，我就咬你。」

史黛菈傻眼地嘆了口氣，也伸手環抱一輝的背部，接收他的擁抱。

史黛菈的身體好溫暖，好柔軟……又能感受到火焰般的強大。

這溫度，令一輝愛戀不已。

於是……正因為如此——

「史黛菈。」

「……什麼事？」

「妳之前說過，只要是和我一起，一定能無止盡地登上高峰。」

「……嗯。」

「我也是。我只要是和史黛菈一起，一定能變得更加強大。」

所以——

「所以我們兩個一起前進吧。兩個人一起登上騎士的巔峰。」

並且——

「在爭奪頂端的最後一場戰鬥——我想與妳一戰。」

一輝稍稍放開史黛菈，目光直視著史黛菈那雙緋紅眼瞳，這麼說道。

並肩同行，互相切磋，並且約好未來的某一天，能夠再次交戰。

赤紅眼瞳一開始驚訝地睜大，接著漸漸寄宿了些許搖曳光芒。

那是宛如焰火一般……蘊含強烈鬥志的光芒。

「……如我所願！我這次絕對不會再輸給你！」

一輝所期望的，正是史黛菈心中所期望的事。

比誰都還要愛著對方。

比誰都還要尊敬對方。

因此，才想要與眼前的騎士，再次一分高下。

這是當然的。她也與一輝相同，為了邁向那無止盡的巔峰。

頂端只有一個，她可沒打算空手相讓。

因此兩人在這夜闌人靜之中，對著皎潔明月起誓。

在這前方，他們必定要與那為數眾多的未知強敵們一一奮戰。

但是他們絕對不能輸給任何一個人。

並且他們一定要在七星劍王的決勝戰之中，與最愛的人，也是最好的勁敵，再一次相遇。

「「約好了！」」

後記

經由本書「落第騎士英雄譚」知道我的各位，初次見面。

假如您是曾購買「斷罪的 EXCEED」、「她那過於束縛的愛戀！」（暫譯），又再次拜讀本書，好久不見了。

衷心感謝各位購買海空的新系列作「落第騎士英雄譚」。

簡單來說，本作的主題就是「加入異能戰鬥的體育系故事」。

其實早在我投稿「斷罪的 EXCEED」得獎的時候，我就非常想寫這種不斷過關斬將，登上頂端的運動型式小說。如果用GA書系來比喻的話，大概像是淡群赤光老師「無限連鎖」（暫譯）那樣的感覺！

而海空終於能寫這樣的故事了，我非常滿足！

不知是否能滿足各位讀者呢？

假如可以的話，希望各位也能在這騎士道故事中，陪伴落第騎士一同走下去。

另外在寫作本作時，也受到相當多貴人相助。

就讓我在這裡獻上感謝的話語，

首先是ＷＯＮ先生，感謝您畫了這麼美妙動人的插圖。

謝謝您回應海空煩人的指定，舉凡絲襪的破口啊、絲襪一定要有吊襪帶啊、不只是內衣我也想看內褲啊啊啊！也畫畫內褲嘛！（史黛菈半裸的插圖）之類的，真的非常感謝您。

接著是責任編輯小原，總是受您照顧了。

非常感謝您的幫忙，讓作品更加純熟、精良。

特別是簡介的部分真的相當精彩，託小原編輯的福。

還有營業部門的各位，總是給予精確指教，非常有幫助！非常感謝各位。

最後是閱讀「落第騎士英雄譚」的眾多讀者，在此獻上最大的感謝。

海空的作品能夠出版，都是託了大家的福。

真的非常感謝大家！

我們第二集再見！

超人氣農業學園爆笑愛情喜劇！
現在正是收成的秋季——

白鳥士郎 著

繪 切符

一個身體裡擁有兩個最強前世
——換言之就是「超最強」吧！？

4.11上市

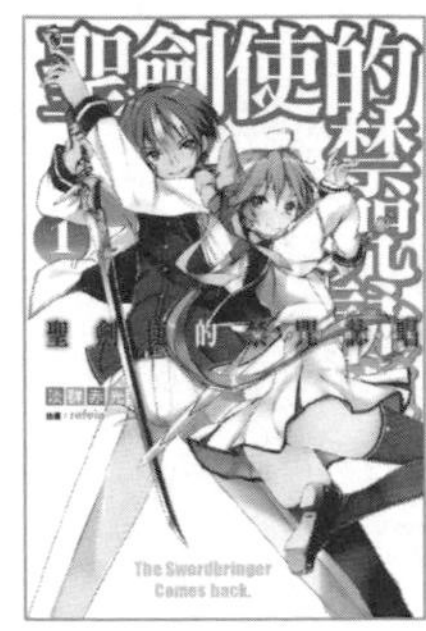

聖劍使的禁咒詠唱
1
The Swordbringer Comes back.

聖劍使的禁咒詠唱 ❶

作—**淡群赤光** 繪—**refeia** N32K.NT.220元

在能將前世記憶轉化為力量的轉生者學園中，史上首位兩股前世之力《劍聖╳禁咒使》同時覺醒者諸葉，開始踏上無比奇特的命運旅程！為解救結下永世羈絆的兩名摯愛，與前世共鳴的學園劍鬥魔法物語——少年要在紛亂的現世，殺出一條血路！

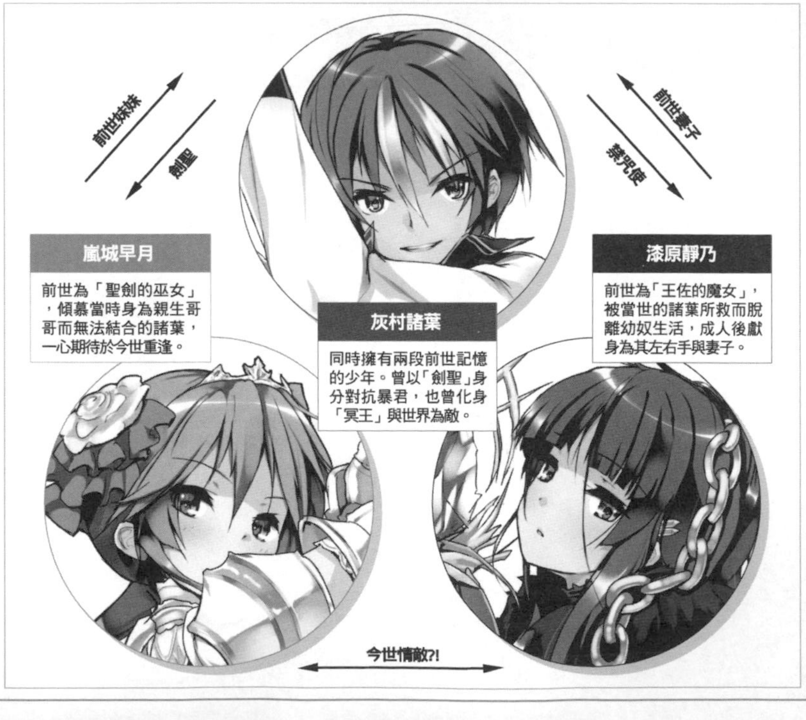
前世妹妹
劍聖
前世妻子
禁咒使
嵐城早月
前世為「聖劍的巫女」，傾慕當時身為親生哥哥而無法結合的諸葉，一心期待於今世重逢。
灰村諸葉
同時擁有兩段前世記憶的少年。曾以「劍聖」身分對抗暴君，也曾化身「冥王」與世界為敵。
漆原靜乃
前世為「王佐的魔女」，被當世的諸葉所救而脫離幼奴生活，成人後獻身為其左右手與妻子。
今世情敵?!

聖劍使的禁咒詠唱
聖劍使的禁咒詠唱
World Break
淡群赤光
插畫：refeia
「我的唇……你不記得了吧。」
劍聖×禁咒使！學園劍鬥魔法物語！
The Swordbringer
Comes back.
Copyright © 2012 Akamitsu Awamura
Illustrations © 2012 refeia
SB Creative Corp.

國家圖書館出版品預行編目資料

落第騎士英雄譚 1 / 海空陸 著 ; 堤風譯.
—1版.—臺北市：尖端出版，2014.04
面 ; 公分.—(浮文字)
譯自:落第騎士の英雄譚
ISBN 978-957-10-5552-7(平裝)

861.57　　　103003318

浮文字

落第騎士英雄譚 1

（原名：落第騎士の英雄譚）

著者／海空陸　封面插畫／ＷＯＮ　譯者／堤風
發行人／黃鎮隆　副總經理／陳君平
副　理／洪琇菁　國際版權／黃令歡
執行編輯／曾鈺淳　美術編輯／陳又荻
企劃宣傳／邱小祐
出版／城邦文化事業股份有限公司　尖端出版
台北市中山區民生東路二段一四一號十樓
電話：（〇二）二五〇〇七六〇〇　傳真：（〇二）二五〇〇二六八三
E-mail：7novels@mail2.spp.com.tw
發行／英屬蓋曼群島商家庭傳媒股份有限公司城邦分公司　尖端出版
台北市中山區民生東路二段一四一號十樓
電話：（〇二）二五〇〇—七六〇〇（代表號）
傳真：（〇二）二五〇〇—一九七九
中彰投以北經銷（含宜花東）／楨彥有限公司
電話：（〇二）八九一九—三三六九
傳真：（〇二）八九一四—五五二四
雲嘉經銷／智豐圖書股份有限公司　嘉義公司
電話：（〇五）二三三—三八五二
傳真：（〇五）二三三—三八六三
南部經銷／智豐圖書股份有限公司　高雄公司
電話：（〇七）三七三—〇〇七九
傳真：（〇七）三七三—〇〇八七
一代匯集／香港九龍旺角塘尾道六十四號龍駒企業大廈十樓Ｂ＆Ｄ室
電話：（八五二）二七八三—八一〇二
傳真：（八五二）二七八二—一五二九
新馬經銷／城邦（馬新）出版集團Cite (M) Sdn. Bhd.
E-mail：cite@cite.com.my
法律顧問／王子文律師　元禾法律事務所
台北市羅斯福路三段三十七號十五樓
二〇一四年四月一版一刷
二〇二〇年七月一版八刷

版權所有・翻印必究
■本書若有破損、缺頁請寄回當地出版社更換■

Rakudai Kishi no Cavalry
Copyright © 2013 Riku Misora
Illustrations copyright © 2013 Won
Chinese translation rights in complex characters arranged with
SB Creative Corp., Tokyo through Japan UNI Agency, Inc., Tokyo

■中文版■

郵購注意事項：
1. 填妥劃撥單資料：帳號：50003021戶名：英屬蓋曼群島商家庭傳媒(股)公司城邦分公司。2. 通信欄內註明訂購書名與冊數。3. 劃撥金額低於500元，請加附掛號郵資50元。如劃撥日起 10～14日，仍未收到書時，請洽劃撥組。劃撥專線TEL：(03) 312-4212 ・ FAX：(03) 322-4621。E-mail：marketing@spp.com.tw